The Blue Rose And A Butler In Disguise.

青薔薇伯爵と男装の執事

番外篇

～完璧な大団円、しかしてその後の百花繚乱は～

和泉統子

Novel:noriko waizumi

C O N T E N T S

CHARACTERS
ベン
ローズベリー青伯爵家の御者。
シドニー
ローズベリー青伯爵家の料理人。
カラとノラ
ローズベリー青伯爵家の一卵性双生児のメイド。カラは三つ編み二本、ノラは三つ編み一本なので見分けがつく。
ロザリンド
ケント白公爵夫人。グラディス女王の異父姉。スコットの元妻。
リアノン
グウィネズ赤公爵家令嬢。アッシュの名目上の婚約者だった。
ナッシュ
本名アッシュ（ナッシュは愛称）。アンの弟で、スコットの孫。ローズベリー青伯爵家次期当主。
オリーブ
現ローズベリー青伯爵の姪で、サイモンの妻。
サイモン
ランズダウン白侯爵の次男でアッシュの腹心の部下。

アッシュ
光竜連合王国王太孫、
緑竜王国大公。一時期、
病弱なナッシュの代わりに
ローズベリー青伯爵を
名乗っていた。
アン
緑竜王国大公妃、
現ローズベリー青伯爵の孫娘。
出自と性別を隠し、
青伯爵家で執事を
していた。
グラディス
光竜連合王国
現女王。
スコット
ローズベリー青伯爵。
暫く故人を装って
いた。ロザリンドの
元夫。
プリムローズ
（ローザ）
アッシュの母。
グラディス女王と
緑竜の一族の前族長
エフラムの娘。
オウァイン
アッシュの父。
緑竜の一族の
現族長で、〈風〉の
〈妖術使い〉。

青薔薇伯爵と男装の執事

人物相関図

CHARACTER DIAGRAM

※ネタバレあり

青竜〈アルバ〉王国
白竜〈アングル〉王国
緑竜〈エリン〉王国
赤竜〈カムリ〉王国

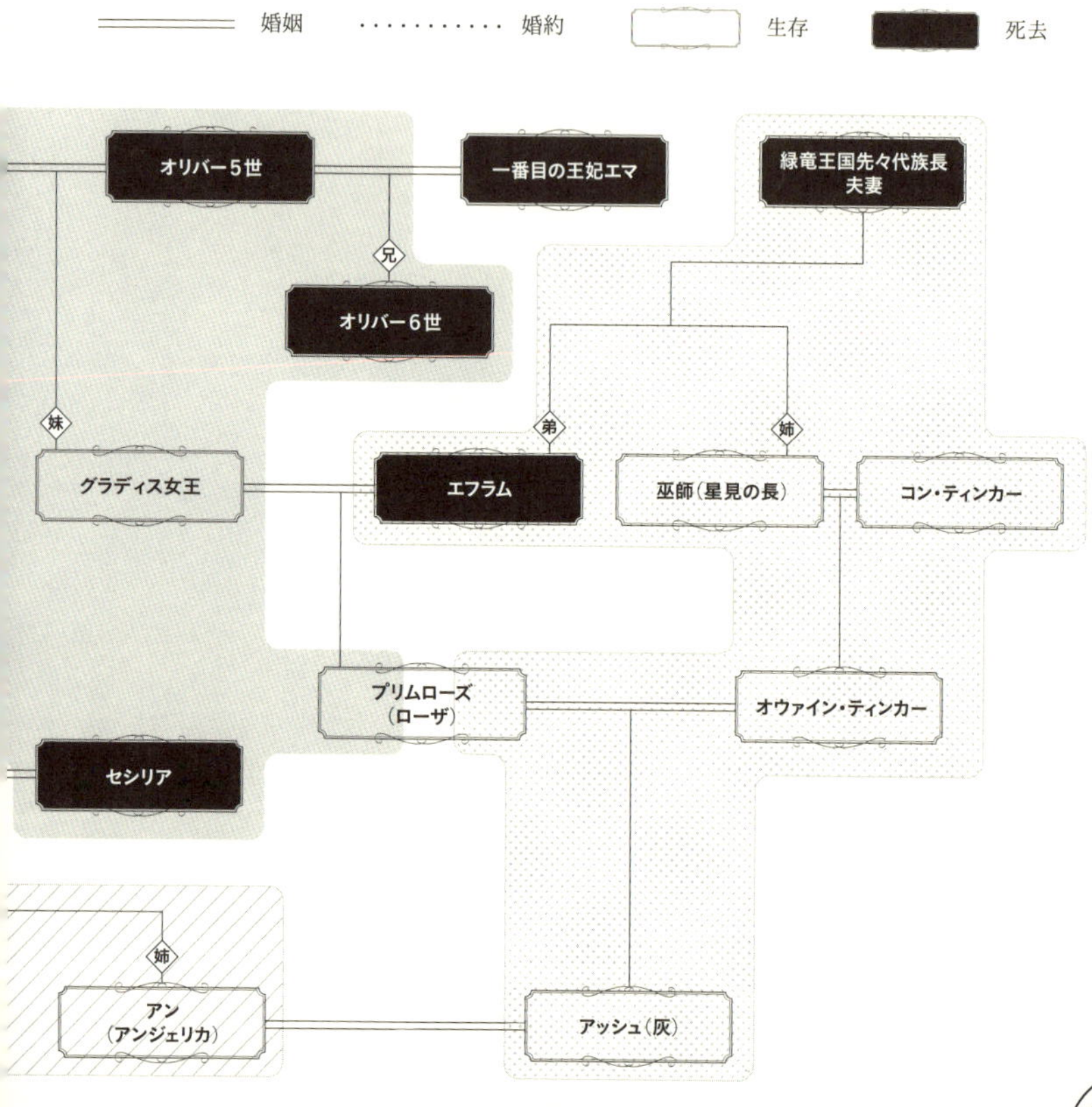

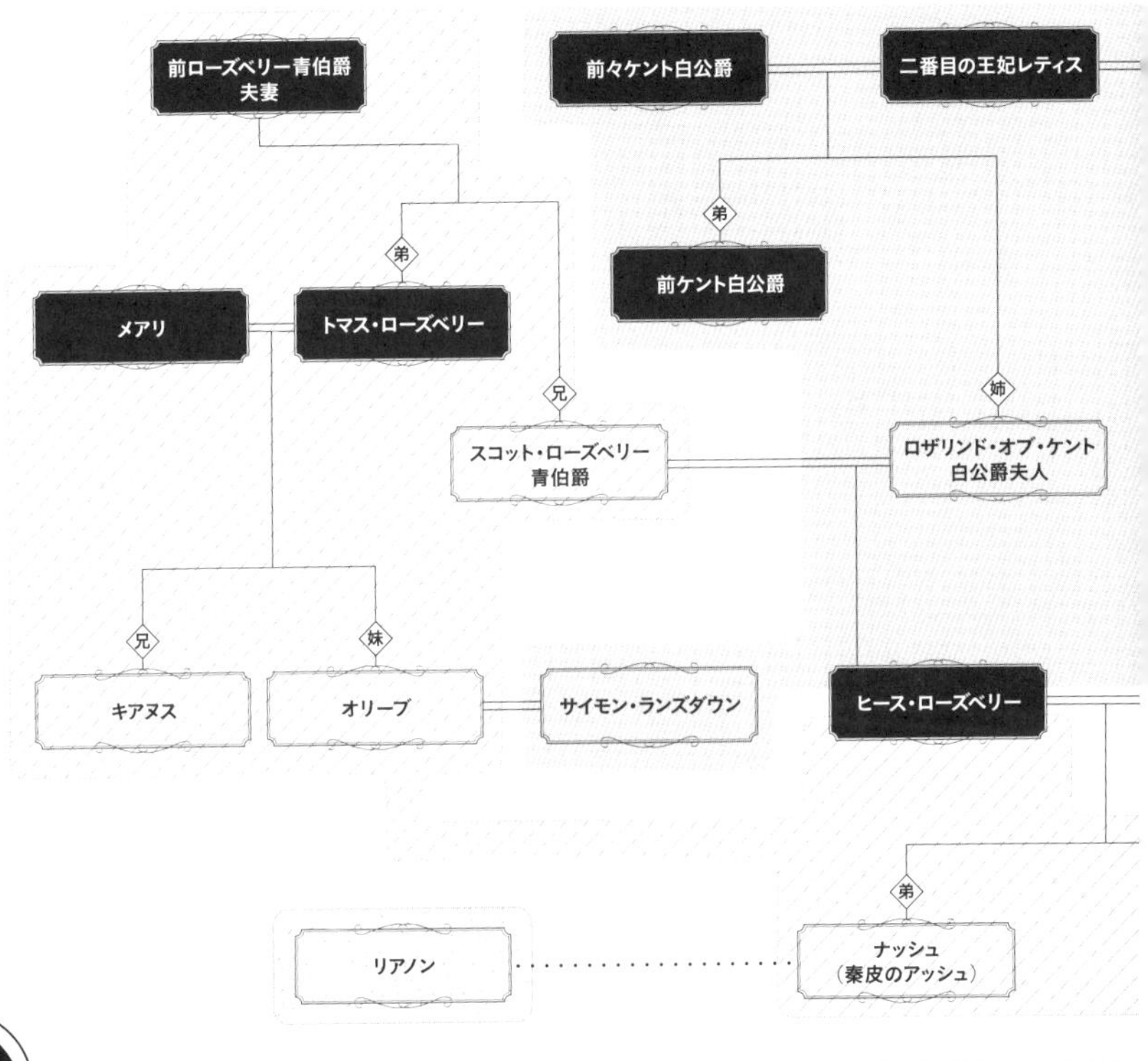
前ローズベリー青伯爵
夫妻
前々ケント白公爵
二番目の王妃レティス
弟
前ケント白公爵
弟
メアリ
トマス・ローズベリー
兄
スコット・ローズベリー
青伯爵
姉
ロザリンド・オブ・ケント
白公爵夫人
兄
妹
キアヌス
オリーブ
サイモン・ランズダウン
ヒース・ローズベリー
弟
リアノン
ナッシュ
(秦皮のアッシュ)

illustration

雲屋ゆきお

賢 者 の 贈 り 物

The Blue Rose and a Butler In Disguise.

「――どうしたら、いいのでしょうか……?」

光竜連合王国《グロリアス・ウィルムズ》でも有数の名門ローズベリー青伯爵家の執事ジョージ・ハワードにして、当主の第一従僕のピーター兼青伯爵令嬢の従者アンジーこと、今現在の当主からは〈アン〉と呼ばれている彼女は、青伯爵邸の居間を掃除しながら深い溜息を吐《つ》いた。

「アン、どうしたの? 溜息なんて、らしくないわ」

そこへ現当主の従妹叔母《いとこおば》で、アンにとっては大事なローズベリー青伯爵家のお嬢様――既に人妻なのでこういう言い方も変かも知れないが――のオリーブがやってきた。

「これはオリーブ様、失礼致《いた》しました」

アンははたきを持ったまま、慌てて居住まいを正した。

執事の分際で主家の人間に心配をさせるとはなっていない。

「いいのよ。どうせ、あの態度が女王様よりでかくて、口が悪魔みたいに悪い当主に虐《いじ》められたんでしょう? アンが眉間《みけん》にそんなに深い皺《しわ》を刻むなんて、もう」

「いいえ!」

オリーブの言葉に、そんなことを言われるとはは心外だとアンは全身で反論した。

「ご主人様に虐められただなんて、そんなことはありえません！　ええ、ご主人様を当家にお迎えしてから、ご主人様が私にそのような理不尽《りふじん》なことをなさったことなど、ただの一度たりともございません！　酷《ひど》い誤解です、オリーブ様！」

「……あ、ら……、そう。でも、アンが溜息を吐くなんて珍しいから……」

「ご主人様のせいではないのです。私が至《いた》らなくて……」

はぁあああああああ。

オリーブの優しい言葉に負けて、つい、また大きな溜息を零《こぼ》してしまった。

「し、失礼しました」

「本当に、どうしたの？　何か困ったことでも？」

「困ったと言いますか……ご主人様の望みが解らないなんて、執事失格です」

「ローズベリー卿《きょう》の望み？」

「はい。……実は、二週間後、ご主人様はお誕生日を迎えられるのです」

なんと言っても、ご主人様が当家に参られてから、最初の誕生日なのである。

ご主人様の執事兼第一従僕兼その他諸々《もろもろ》を自任するアンとしては、ご主人様にいついつまでも「あの歳の誕生日は、本当に嬉しかったよ」と思い返して頂《いただ》けるような印象的で素晴らしい誕生日を準備したいのである。

「当家の財政では、豪華なプレゼントを用意することはできませんが、できる範囲で精一杯ご主人様が喜んで下さるようなことをやりたいのです。……が……」

何をしたらあの薔薇《ばら》の花のような麗《うるわ》しくも刺《とげ》のある当主が喜ぶか、アンは皆目《かいもく》見当がつかないのだ。

「そうねぇ……。まあ、卿ならアンが用意したものなら、なんでも喜びそうだけど？」

しばし小首を傾《かし》げたオリーブは、そんなことを言ってくれた。

「ええ、ご主人様はそういうお優しい方なので、何を準備しても喜んで下さるとは思うのです」

存外照れ屋なご主人様だから口ではケチを付けられるが、青伯爵という身分に相応《ふさわ》しくなかろう品をお渡ししても、大事に使って下さるだろうと思う。

アンのご主人様はそういう方なのだ。

――そういう方でいらっしゃいますから。

「ですが、だからこそ、やっぱり、あの、本当に欲しいと思っていらっしゃる物を差し上げたいじゃないですか‼」

「……………………」

アンの言葉に、オリーブはなぜか無言で明後日《あさって》の方向を見た。

そして、今度はオリーブが深い溜息を吐く。

「……あたくし、卿のことはあまり好きではないんだけれど、この件については同情せざるをえないわ」

「そ、それは、どういうことでしょうか、オリーブ様？」

「つまり……」

前のめりになって問いかけるアンに、オリーブはかぶりを振った。

「つまり？」

「……つまり、卿の望みについて、あたくしも心当たりはなくはないけれども」

途端、アンは崖《がけ》から落ちそうな人間が命綱を摑むような勢いで、主家の令嬢の手を握り締めた。

「どうか教えて下さいませ、オリーブ様っっ‼」

「！」

アンのあまりの必死さに、オリーブは思わず知らず大きく一歩退《ひ》いた。

「……た、多分、アンが自分で見つけないと、意味がないと思うの。あたくしに言われたから、卿にそうしてあげた、ではなくて」

と言うか、あいつにアンはもったいないでしょう！　……とかなんとか、オリーブは口の中で呟いていたが、アンにはよく聞き取れなかった。

「そ……、それはそうかもしれません……」

人に訊いて解決しようなどという安易な姿勢は、正しい執事のものではあるまい。

正しい執事のものではないとは思うけれども、だ。

――そうは申しましても、ご主人様の誕生日までもう二週間と日がありません！

「今回は無理に自己解決を図るのではなく、ご主人様に何がお望みか、直接伺《うかが》うのが、正しいですよね⁉」

そ、そうかしら？　――と、オリーブの顔が疑問符をデカデカと貼っていたが、アンは気づかなかった。

「ご主人様！　ご主人様が、今、一番欲しい物はなんでしょうか？」

「――――――あ？」

夕飯の席でそう切り出した執事に、ご主人様は見るからに不審そうな視線を向けられた。

「なんだ、急に？」

「はい。再来週《さらいしゅう》、ご主人様のお誕生日ですから、ささやかでも使用人達でご主人様に何か贈り物ができればと」

途端、ご主人様は嫌そうな顔をされた。

「――半年分の家賃を耳揃《そろ》えて払ってくれれば、それでいいよ」

「そんな！　それは贈り物ではなく、私達の義務ではないですか！」

「義務も贈り物も似たようなもんだ。主人だからって、使用人から贈り物を徴収《ちょうしゅう》しようなんて僕は思ってないし」

途端、執事はただでさえ金色の瞳を星のごとくキラキラさせた。

主《あるじ》の誕生日なのだからと無理やり使用人に贈り物を要求したり、賃金を減らして浮いた分をプレゼント代わりだと嘯《うそぶ》いたりする理不尽な貴族も、世間では少なくないと聞く。

――それなのに、当家のご主人様は、なんて素晴らしい方なのでしょう！

やはりこの方に一生付いていこうと、現当主を屋敷に迎えてから、もう何百回めか解らない感慨《かんがい》に執事のアンは打ち震えた。が。

「ちょ、ちょっと待って下さい、閣下《かっか》。再来週に、半年分の家賃を耳揃えて払えとは……」

御者《ぎょしゃ》のベンは青い顔で口を挟《はさ》む。

料理人のシドニーやメイドのノラ達も同じ気持ちらしく、大きく頷いている。

言われれば、あと二週間で半年分の家賃全額となると、アンも少々心許《もと》ない。

「あ、あの、ご主人様、大変心苦しいのですが、他の物で……」


「じゃあ、……寝ろ、あんた」


「！」

「は？」

「やだ、ローズベリー卿！　あなた、一体、何を考えてるの？」

「あ、アッシュ……？」

「何を言い出すのです、ローズベリー卿？」

「か、閣下……？」

「「ご、ご、ご主人様……」」

シドニー、ベン、オリーブ、ナッシュにリアノン、それにサイモンとメイド達。

場の面々がガタガタと慌てふためくのを他所《よそ》に、アンは首を傾げた。

「寝ろ……とは……?」

「だから、寝ろって言ってんの。毎日、六時間。一秒たりとも負けないからな」

「毎日六時間だなんて、何を言っているの、あなた!?」

オリーブが悲鳴のような声を上げる。

が、アンにはただただ意味不明である。

「寝ろ……というのは、ただ、寝るだけでよいのでしょうか?」

「ぁ? あんた、寝ながら芸でもできんの?」

「いえ、修行が足りずお恥ずかしいことですが、寝ながら何かを並行して行うようなことは、私にはできかねます」

「だったら、大人しく寝れば?」

「ですから、あの……寝るとは……?」

「寝るは寝るだろ?」

「もう! ローズベリー卿、婚約者の前であなた、何を言っているの!?」

ついにオリーブが食卓を叩いて立ち上がった。

「い、い、いくら、アンのことが」

「何、興奮してんの、あんた? こいつが毎日二時間かそこらの睡眠《すいみん》しか取らずに働いているって、知らないの? たとえこいつが鋼鉄《こうてつ》でできていても、いつぶっ倒れてもおかしくない状態なのに、放置できるかっての」

「…………あ、そ、そういう、意味……」

「へっ、えぇ――。オリーブ叔母様には他にどんな意味があると言うんですかぁ――?」

オリーブとご主人様の会話が、アンには解るようで解らない。何より解らないのは。

「しかし、ご主人様。私が睡眠時間を毎日六時間確保することが、ご主人様の誕生日のお祝いになるとは、とても思えないのですが?」

「へっ、えぇ――。プレゼントを貰《もら》う者からのリクエストに、ケチを付けるのがローズベリー青伯爵家の伝統か何かなんですかぁあ?」

「そ、そんなことはありません!」

「なら、つべこべ言わずあんたは今夜から毎日六時間、きっちり寝ろ。本当は八時間と言いたいところを二時間も負けてやったんだ。これ以上ビタ一秒たりとも負けてやらない」

「ですが、六時間も寝ますと、ご主人様に半年分の家賃を返すための内職が……」

最後まで言う前にご主人様が目を剝《む》かれた。

「内職! 内職してたのか、あんた⁉」

「もちろん当家の執事業務に支障がない範囲でです! ご主人様が身を粉《こ》にして当家の借金返済、収入倍増に取り組んでいらっしゃるのに、ご主人様への借金を抱《かか》えたままなのは大変心苦しく、一日も早くご主人様へ借金をお返ししなくては、と愚考《ぐこう》致しまして」

アンのこの説明に、ご主人様は口の端をピクピクと引《ひ》き攣《つ》らせられた。そして。

「――ともかく僕への誕生日プレゼントは、あんたが毎日きっちり六時間寝て、あんたがぶっ倒れたり、病院に担《かつ》ぎ込《こ》まれたりして当家の出費を増やすのを未然に防ぐことだ。そしてベン達はアンがちゃんと睡眠を取っているか、監視すること。それさえやってくれれば十分だから、僕の誕生日に何かささやかでも贈り物を、なんて無駄遣《づか》いをしないように！　以上」

そうキッパリと言って立ち上がると、まだ皿には料理が残っていらっしゃるのに、アンのご主人様は食堂から出て行かれた。

「けして裕福ではない私達に金銭的負担がないようなリクエストをなさるなんて、本当にご主人様ってお優しい方ですよね！」

「……そ、そうね……」

「まぁ……」

感激で胸一杯のアンに対し、周囲の反応は（アン的にはなぜか）とても薄い。

「……ですが、六時間も寝ますと、本当に引き受けてる内職に滞《とどこお》りが……」

「それは俺達で分担してなんとかするから」

「そうね、アンはローズベリー卿が言う通り、ちゃんと寝た方がいいと思うわ」

「ノラ達も手伝いますよ」

「カラも！　カラも頑張りますよ」

「いいえ、私が引き受けた仕事ですから、自分でやります。……あのぅ、ですからご主人様には私はちゃんと六時間寝ていると……」

ご主人様を欺《あざむ》くなんてもちろん執事としてあるまじきことだが、アンが知る限りご主人様とて毎晩二時間か三時間くらいしか休まれていない。

——私だけ寝ているわけにはいきません！

「そんなことをしたら、オレ達がアッシュに叱《しか》られるよ！」

ナッシュが即座にアンの提案を却下《きゃっか》した。

オリーブや他の面々も同意のようである。

……そのようなわけで、ローズベリー青伯爵家の執事は、最近は毎日六時間きっちり寝ているのであった。

Side The Master

「もうすぐ〈聖ブリードの日〉だけど、あんた達、何か欲しい物はあるのか？」

と、光竜連合王国《グロリアス・ウィルムズ》の中でも長い長い歴史を誇《ほこ》るローズベリー青伯爵家の現当主アッシュ・ローズベリーが、使用人と家族一同に質問したのは、件《くだん》の日の二週間ほど前の夜だった。

——ご、ご主人様⁉

青伯爵家の執事《しつじ》ジョージ・ハワードこと従僕のピーター兼女主人の従者アンジーにして当主その他屋敷の住人達からは昨今〈アン〉と呼ばれることが多いアンジェリカは、たいそう驚き、主《あるじ》を二度見した。

来月一日は、聖女ブリードを讃《たた》える〈聖ブリードの日〉である。

昔から春の初めの日とされ、その年の豊作と幸運を祈る祭典があちらこちらで行われる。

福音教《エワンゲリウム》には聖人が数多《あまた》いて毎日が何かしらの聖人の日だが、〈聖ブリードの日〉は特別人気が高い。

聖女ブリードが大竜島《グレート・ウィルム》出身と言われていることも連合王国民に好まれる理由の一つだが、何と言っても彼女はあらゆる労働者の守護聖人だったからだ。

そのため、〈聖ブリードの日〉に、小作人や使用人達へ功徳《くどく》を施《ほどこ》した雇用主は、その年は幸運に恵まれると信じられていたのである。

そして、逆に使用人達に何もしなかった者は、必ず聖ブリードから天罰《てんばつ》が下ると言われていた。

だから、裕福な貴族や商人達は庭園や屋敷を開放し、領民や使用人達にご馳走《ちそう》やら舞踏会やら観劇やらと、様々な楽しみを振る舞う。

そこまでゆとりのない下級貴族や商家でも、お菓子やお酒、あるいはちょっとした装飾品など、使用人達にささやかな贈り物を日頃の感謝の言葉と共に施す。

そんなわけで労働者階級にいる者達にとっては、一年で一番楽しい祝日なのだ。

——え、ええ、ええ。ご主人様は毎週日曜日には、きちんと教会に通われるような真面目《まじめ》で熱心な福音教徒でいらっしゃいますから、聖ブリードの伝統を守ろうとなさるのは当然かもしれません。しれませんが……。

前青伯爵もその家族も、あまり信仰熱心なほうではなかった。

青伯爵家に多大な借金を背負わせたキアヌスなど、〈聖ブリードの日〉に功徳を積もうと積むまいと、この屋敷は呪《のろ》われているのだからと嘯《うそぶ》き、アン達に優しい言葉一つかけなかった。

——ああ、いえ。もちろんキアヌス様は、当家のような名家の人間が、立派な贈り物を使用人達に渡すことができないことに、忸怩《じくじ》たる思いがあられたので、そのような強がりを言われていたのでしょうけれども！

と、常《つね》に主家の人間の言動を百パーセント善意に受け取り、非難するなど思いもつかないアンである。

故《ゆえ》に、ここ数年の侘《わ》びしい〈聖ブリードの日〉へも、何の不満も抱《いだ》かなかった。

今年も、この数年と同じく焼き菓子が少し振る舞われる程度の少額予算を、当家の執事として組んでいたくらいだ。

「ご、ご主人様？　まさか、私達に聖ブリードの贈り物を下さるのですか？」

なのでアンは、彼女が目指す一流の執事としてはあるまじきことだったが、動転のあまり主に聞き返してしまった。

そもそもアンが崇拝《すうはい》してやまない現ご主人様は、青伯爵の爵位を継ぐ際、この廃墟《はいきょ》寸前のお屋敷と猫の額ほどの領地を受け取られた。

そして、それだけならまだしも、前青伯爵とその甥《おい》キアヌスからの膨大《ぼうだい》な借金をも受け継がざるをえなかった。

到底返済は無理かと思われたその巨大な借金は、彼のずば抜けた才覚によって瞬《またた》く間に片付けられた。

さらに赤公爵家の一人娘リアノンと婚約したことや、連合王国の女王陛下《へいか》やその異父姉——〈裏女王〉と呼ばれているような女傑《じょけつ》である——に気に入られたおかげで、ローズベリー青伯爵家の収入は、格段に改善されている。

今年は何年かぶりに、収入が支出を上回る（それも倍以上に、だ！）だろうと、アンは予想している。

しかしながら、そんなご主人様の器量をもってしても、〈呪われた貧乏伯爵〉とまで世に言われたローズベリー青伯爵家の経済状態は、名門貴族の品格を保つにはまだ遠かった。

なにせかつては青竜王国《アルバ》の三分の一が、ローズベリー青伯爵家の領地だったのに、現在のローズベリー青伯爵家の領地は——婚約者の領地を除けば——猫の額ほどしかない。

ローズベリー青伯爵家の栄えある名誉《めいよ》を示す歴代国王や諸外国の王から下賜《かし》された宝石や恩賜の品々、また、代々の青伯爵が集めた芸術品の数々なども散逸《さんいつ》したままだ。

アッシュが爵位を受け継いだばかりの頃、アンは熱心にそう言ったことを彼に語った。

それは、別に昔の財産や栄華《えいが》を取り戻してほしいと願ったわけではなく——いや、もちろんできれば取り戻してほしいと思ってはいたが——この屋敷の外で育ったご主人様に、ローズベリー青伯爵家がいかに素晴らしい歴史を持っているか知ってほしかっただけである。

——当家の歴史を新しいご主人様にお伝えするのは、執事として当然の仕事ですし。どうもご主人様は、当家が青竜王国の建国の頃からの由緒《ゆいしょ》正しい名家であることを、ご理解なさってなかったようでしたから。

今は貧乏伯爵と世間から笑われているが、青竜王国の王位だって望めるほどの門閥《もんばつ》である。

アンとしては、それを誇《ほこ》りに思ってほしかっただけなのに、どうもご主人様はそうは取らなかったようで、失われた財産や領地を取り戻すことに強い熱意を示された。

領地からの収益を最大限に上げて、そこで得た収益を元に以前の領地や散逸した先祖伝来の宝飾品などを買い戻そうと、今現在、余剰《よじょう》の金銭があれば全て領地の農地改良やら小作民の労働力を上げるための待遇改善などに回されている。

故に相変わらず屋敷は廃墟同然だし、主人も使用人も着た切り雀《すずめ》で倹約に努めている。

であるからして、当主のアッシュと彼の婚約者で赤公爵令嬢リアノン、アッシュの弟分のナッシュに従妹叔母《いとこおば》のオリーブ、さらには彼女の別れた（※オリーブ談）夫でローズベリー青伯爵家の顧問《こもん》弁護士サイモンまでもが二階の晩餐室《ばんさんしつ》ではなく、半地下の使用人食堂で使用人と混じって、ささやかな夕食を摂《と》っていたくらいだったのだが。

「もうすぐ〈聖ブリードの日〉だけど、あんた達、何か欲しい物はあるのか？」

そろそろ食事も終わろうという頃、唐突に年若い青伯爵は常日頃の質素倹約ぶりを忘れたかのようにそんな質問を放ったのである。

どうしてアンが動揺せずにいられようか。

「――あ？」

執事は、感情を面《おもて》に見せないものである。

それなのにアンは驚愕《きょうがく》して立ち上がり、あろうことか聞き返しまでしてしまった。

年若い青伯爵が並外れて端整な顔を心底不愉快《ふゆかい》そうに歪《ゆが》めるのも当然だと、アンは自戒《じかい》する。

そういう崩した表情をなさっても、ご主人様が美形なのはお変わりないけれども――などと一瞬、状況を忘れて見惚《みと》れかけて。

「い、いえ！　失礼しました」

アンは慌てて居住まいを正した。

「わ、私達は、まだ、ご主人様に半年分の家賃の借金を抱《かか》えておりますし、それなのに衣食住の面倒を見て頂《いただ》いて、些少《さしょう》の給料を頂いておりますのでっ！　聖ブリードの贈り物は、例年通り、聖ブリードの焼き菓子が頂けるだけかと思っておりましたのでっっ‼　まさか希望の品を訊《き》かれるとは思ってもみませんでっっっ‼　ですから、そ、その……」

――え、えっと……？

アンが一つ単語を述べる度《たび》に、なぜなんだかアンの大事なご主人様は、どんどんと不機嫌な様相を深めていくものだから、アンの言い訳は尻《しり》すぼみに終わる。そして。

「へっ、ええええええ――――」

ご主人様の例の口癖《くちぐせ》が半地下の食堂の床を隈無《くまな》く這《は》って、一家団欒的《だんらんてき》に穏やかだった空気を完膚無《かんぷな》きまでに叩き壊していった。

「さ！　しょ！　う！　ねぇええ――――？」

「あああ！　あ、あの！　その！」

――ま、間違えました……！

他の人間なら〈不愉快が人間の形を取ったような〉と評しそうなご主人様の言動に、アンは真っ青になった。ただし、この主の反応に対して。

――ご、ご主人様にこんな顔をさせるなんて、執事失格ですっっ！

と自己反省に走るところが、アンの一番凄《すご》い点かもしれないが。

「額に不満があるわけでは、けしてけしてなくて！　あの、その！」

口に出された言葉以上に主人の気持ちを雄弁に語る冷ややかな視線を向けられ、アンは動転して思いっきり舌を噛んでしまった。しかも、焦《あせ》るあまりその後の言葉が続かない。

「執事殿は我々が閣下《かっか》に借金を抱えている状況なのに、ちゃんと給金を頂けて、屋敷に住まわせて頂けていることを非常に感謝されていまして。その上で、青伯爵閣下から聖ブリードの贈り物を頂くのは忍びないと。と言いますか、特別な贈り物を頂けるなどと勘違いして申し訳ございませんと謝りたいのであります！　……よね、執事殿？」

「そうですそうですそうです！」

青伯爵家の御者《ぎょしゃ》その他馬関係の仕事を一手に引き受けるベンが出してくれた助け船に、それこそ息継ぎすらない猛烈な勢いでアンは頷く。が。

「へっ、ええええ――」

再び聞く者の背筋を凍らせるような青伯爵の不機嫌な声が、食堂の床を這う。

「僕が世間一般の常識を発揮《はっき》して、使用人に聖ブリードの贈り物をするのは、そこまで驚かれないといけないことなんですかぁ？　へっ、ええええ――」

どうやら自分達の驚愕に充《み》ち満ちた反応は、我らが麗《うるわ》しのご主人様の、ローズベリー青伯爵としては当然の（※アン視点です）高い高いプライドを傷つけたらしい。

と、ここに至ってアンも周囲も覚《さと》った。

「や！　もちろん！　もちろん、そんなことはないのであります、閣下！」

青ざめきった一同の中で、この場の最年長のベンが、なんとか取りなそうと言葉を紡ぐ。

「青伯爵家のご当主からの聖ブリードの贈り物は、ここ数年、聖ブリードの印が入った焼き菓子くらいで。閣下が背負う借金が無くなったのは存じてますが、以前の領地や散逸した歴代の青伯爵様方の遺産を取り戻すと仰《おっしゃ》って、自ら率先して倹約に努めていらっしゃるのを見てますから。そんな閣下にたかるようなことはできやしないのであります。そう自分達は考え、個別に希望の物を頂けるとはこれっぽっちも念頭になかっただけであります！」

「…………ふぅううん」

ベンの軍隊式の雄弁に、アンのご主人様は納得したのか納得していないのか微妙な鼻の鳴らし方をして。

「で？」

と、自分の倍以上は生きているはずの御者に、最小限の音節を使って尋ねた。

「――は？」

問われたベンは、鳩が豆鉄砲《まめでっぽう》を食ったような顔で何度も瞬《しばた》き、首を傾《かし》げた。

「で？　でございますか……？」

「そう」

青伯爵は不機嫌そうな表情のまま、問いを重ねる。

「で、ベン。あんたは、何が欲しいんだい？　まあ、あんたもご存じの通り、うちの財政上、希望が必ず叶《かな》えられるなんて期待はしないでほしいが、とにもかくにも、とりあえずあんたが一番欲しい物はなんなのさ？」

「そ、それは…………」

そんなあなた様に希望の品をリクエストして、贈り物を貰《もら》おうなんて滅相《めっそう》もございませんっ！　ってか、その後が怖くて受け取れないんですがっ‼　ええ、第一そもそも贈り物でリクエストを訊《き》くなんて、お財布のほうは大丈夫なんですかっっっ⁉　――などと本音がダダ漏れの引き攣《つ》った表情で、ベンは忙《せわ》しなく視線を上下左右に動かした。そして。

両手を打ち鳴らし、やっと思いついたという様子も露《あら》わに、ベンは吠《ほ》えるように答えた。

「新しい鞭《むち》！　新しい鞭を、自分は頂戴《ちょうだい》したいのであります！」

「……鞭？」

「はい。以前使っていた物は、ナッシュ様を暴漢から助ける時に駄目にしてしまいまして」

「あ！　あの時、ひったくりの持っていたナイフで切れちゃったんだっけ？　ごめんなさい」

ベンの説明にナッシュが立ち上がって姿勢を正すと、大きなテーブル越しにベンへと丁寧に頭を下げる。

「いえいえ、ナッシュ様が謝ることではないですよ！」

孤児院からやってきたナッシュは、貴族でもなんでもない（はずだ）。

しかし、この屋敷の当主は、彼を婚約者のリアノンや従妹叔母のオリーブと等しく――いやそれ以上にも見えたりするが――〈家族〉扱《あつか》いしている。

つまり、ベン的にはご主人様の弟に頭を下げられたに等しい。

恐縮しきったベンは、手の甲で額の冷や汗を拭《ふ》きつつ、言葉を足した。

「た、ただ、その……今のところ、自分が馬車を扱う時は道具一式込みでケント白公爵夫人か赤公爵家から借り受けますから、馬を操るのには問題ないと言えばないんですが、借り物はやはり……。それに鞭は、何かあった時に、武器代わりにもなりますからね。自分としては、頂けるのであれば、その……あまり高価な物でなくても大丈夫です。以前、持っていたのも、笑えるくらい安物でしたし」

「お仕事に支障が出てたんだ。そりゃあそうだよね。本当にベンさん、ごめんなさい。アッシュ、ベンさんに鞭を贈るならオレもお金、出すよ。安物と言わず、ちゃんとした物を買おうよ。そりゃあオレ達では、ケント白公爵家の御者さんが持っているような超一流の品は無理かもしれないけど」

実の兄に頼むような気安い口調で、ナッシュは隣に座るアッシュの袖《そで》を摑んで言った。

同じ孤児院で長いこと一緒に暮らしたナッシュは、他の面々と比べて遥《はる》かにアンのご主人様と親しいのだ。

「い、いや、あの、ですから、ナッシュ様にそこまでして頂くことでは……」

「いや、ナッシュが中央王都《ロンディニウム》に出て来なければ、ベンの鞭は切れて使い物にならなくなるようなことにはならなかったわけだから、謝罪《しゃざい》するのも弁償《べんしょう》するのも当然だ。それに、そうと聞いては僕も無視するわけにはいかない」

「はぁ……」

——ご、ご主人様、本気で私達に贈り物を下さるのでしょうか。

考えてみれば、青伯爵となって初めて得た収入らしい収入を使用人達（と、従妹叔母のオリーブ）のベッド一式の購入に使ったような心優しい（※アン個人の感想です）方だから、当主としての初めての〈聖ブリードの日〉に、使用人達にきっちり贈り物をしようとするのも当然かもしれない。

——しかし、そんなことをなさらなくても、ベンも言ってましたように私達はお気持ちだけで十分ですのに。

新しい当主を迎えても、莫大《ばくだい》な借金によって青伯爵家は破産確実で、それに伴《ともな》い職を失うことを覚悟していた。

そんな自分達にとっては、借金問題を片付けただけでなく、着々と青伯爵家の財政やら名誉やらを回復させているアッシュは、存在そのものが聖ブリードの大きな贈り物だとアンは思う。

——次期女王の呼び名も高い赤公爵家の姫君との婚約も整いましたし……。

この婚約の件はあまりに急に決まったせいだと思うが、数ヵ月経《た》った今でもアンはまだ上手《うま》く受け止めきれないでいる。

——で、ですが、ともかく。

なんだかモヤモヤした胸をこっそり叩く。

——ともかくです。ともかく、女王陛下やケント白公爵夫人、赤公爵閣下の後ろ盾《だて》を得たご主人様のおかげで、ローズベリー青伯爵家の前途は洋々です！　さすれば私達の未来も明るいのです‼

だから、自分は十分過ぎるほど幸せだと、アンは思う。

一緒に働くベン達はとても気持ちの良い人達だし、仕《つか》えるご主人様の家族も皆、心優しい人達だ。

そして何より主は——前の主ももちろんアンには素晴らしいご主人様だったけれども——、連合王国中に自慢したいくらい素晴らしい。

自分はありえないほど良いご主人様に恵まれている（そんなことを思う奇特な使用人は、アンだけかもしれないが）。

そんなわけで、アンはこの上ご主人様に何かねだるなんて、とんでもないことだと感じるのだ。

――ご主人様が日々青伯爵家の失われた財産を取り戻そうと金策に奔走《ほんそう》されていることを知っているのに、この上、好き勝手に聖ブリードの贈り物を要求するなんて、正しい執事のやることではないですよね、老《オールド》ハワード？

が、アンの思いを他所《よそ》に、ご主人様の聞き取り調査は続く。

「ベンは鞭だそうだが、シドニー、お前は？」

視線を向けられて、青伯爵家の料理人は腕を組んだまましばらく押し黙った。

シドニーは外国人で連合王国語が苦手なこともあり、普段から無口な青年である。

それを十分承知している面々でも長いと感じるほどの間を置いて。

「……まな板」

回答が単語のみなのは、シドニーが外国人で（中略）青年だからで、青伯爵に悪意があるからではない（多分）。

それは置いても、青伯爵にはそのリクエストが意外だったようだ。

「まな板？」

「食材……切る時……使う」

そんなことは解ってますがぁああ――と、幻聴が聞こえそうな顔を主にされた上、ベンに小突かれたせいか、彼にしては慌てたような口調でシドニーは言葉を足した。

「上質の」

――上質のまな板と言いますと、大理石製とか、とても高価な木材から切り出された物でしょうか……？

寡聞《かぶん》にしてアンは最高級のまな板がどれほど高価か知らなかったが、中央王都の貧民街では、まな板は銅貨一枚もしないことは知っていた（※貧民街では、廃材《はいざい》を拾う。または盗んだ板きれをまな板として使うのだ）。

「…………」

何か言いたそうな顔で料理人を睨《にら》んだご主人様は、結局何も言わずに反対側に首を巡《めぐ》らせた。

「ノラは？」

「は、は、はい！」

名指しされたメイドのノラは、糊付《のりづ》けしたエプロンと同化したみたいに背筋を硬くした。

「ノ、ノ、ノラは……ノラは……あ！　新しい針《はり》を少し頂きたいのですよ！」

「……針？」

アンのご主人様は、その視線が針のような鋭さを持って、幼いメイドを見遣《みや》る。

「はい！　繕《つくろ》い物《もの》に、使い、ます、です」

まるでシドニーの怪しい連合王国語が移ったかのような話し方だ。

そんなノラに、今さらながら年少者を怯《おび》えさせていることに気づいたのか、アンのご主人様は睨むような鋭い目つきを少しだけ和《やわ》らげた。

大概《たいがい》の大人には手厳《てきび》しいけれども、アンのご主人様は年下には優しい方なのである（と、アンは鼻が高い。口に出して言うと、そこはアンが威張《いば》るところなのかと、全員から突っ込まれることは間違いなかったが）。

「……で、カラは？」

ノラの双子《ふたご》の妹への口調が、少し柔らかくなった。

「カラは！　……カラは、その……ノラが針を貰うなら、カラは糸にします。あ、あの、一番安い糸で構わないのですよ」

針仕事が三度の食事より大好きな双子達だから、この要望は自然である。

と、アンは思うのだが。

「あ、あの、ご主人様？」

しかし、再び不機嫌な雰囲気《ふんいき》を色濃く漂《ただよ》わせてくる主に、アンが恐る恐る声をかけた。

――どうして、ご主人様は不機嫌になられたのでしょう？

「オリーブ、あんたは何かあるか？」

そんなアンを無視して、ご主人様は自身の従妹叔母に話を振った。

「あら、あたくしは別に使用人じゃありませんけど？」

ご主人様に負けず劣《おと》らずツンケンとした口調で、オリーブは返した。

――オリーブ様はお優しい方なのに、どうしてご主人様にはケンカ腰になられるのでしょうか？

どちらも敬愛するアンとしては、胸の痛いところである。

——きっとオリーブ様は従妹叔母としての威厳《いげん》を保とうとなさっているのでしょうね。

生まれた時からこの屋敷に住み、女主人として采配《さいはい》を振るってきた期間もあるオリーブは、突然現れた年下の当主の下にそうそう簡単につきたくないのだろう。

アンのご主人様はご主人様で当家の主人として、常にオリーブの上に立とうと思っていらっしゃるようで、殊更《ことさら》彼女には厳しい。

「へっ、えええええ——」

今回も例の口癖《くちぐせ》からの辛辣《しんらつ》な口撃が始まりそうであった。……のだが。

「でも、オリーブさんは屋敷の管理を、アンさんと一緒に頑張ってくれてるから、アッシュとしてはオリーブさんが好きな物を贈って、労《いたわ》りたいんだよね！」

と、ナッシュがニコニコと人の好《よ》い笑みを浮かべて、二人の間に割り入ったので彼らの戦闘《せんとう》は不発に終わった。

アンのご主人様はナッシュの笑顔に形の良い唇を閉ざし、オリーブは視線をナッシュとアッシュの交互に彷徨《さまよ》わせた挙げ句、小さく溜息を吐《つ》いた。

「……そうね。あたくしもリアノン様も——どうせ当家のご主人様は、ご自身の婚約者様にも、不《ぶ》躾《しつけ》な聖ブリードの贈り物を差し上げるつもりなんでしょうけど！　——ハンカチが頂ければ十分よ。

そうでしょう、リアノン様」

「はい。ハンカチなら、嫌いな方から頂いても使える品物ですね」

「オレはアッシュのことが好きだけど、もし、アッシュがオレにも何か贈ろうと思っているなら、オレもハンカチがいいかな。うん」

オリーブの言葉に、婚約者（のはず）のリアノンが上品なおっとり口調でかなりきつい内容のことを言い、この二人のご婦人方の意見を聞いたナッシュは天真爛漫《てんしんらんまん》の見本のような笑顔で彼自身へ質問される前に答える。

「サイモン、あんたは？」

溜息を飲み込んだような顔で三人を見遣ってから、アンのご主人様は己《おのれ》から一番遠い席に座っていた顧問弁護士に水を向けた。

「え？」

アンのご主人様ほどではないにしても美形で知られるサイモンは、その秀麗《しゅうれい》な顔を引き攣らせた。

「俺が閣下から聖ブリードの贈り物を貰うのは、変だろう？」

「義理の従妹叔父《おじ》じゃなくて、当主が、当家の顧問弁護士に聖ブリードの贈り物をするのは、中央王都では常識的なことだと僕は聞いたけどね？」

そう返されて。

本日、早朝から夕方までアッシュに扱《こ》き使《つか》われて、そのまま青伯爵家の夕食の席に連れ込まれた顧問弁護士はなんとも居心地の悪そうな表情で、己の雇い主と今現在も（少なくとも）法的には彼の妻であるオリーブを見比べた。

「……あー、そうだな。では、ローズベリー青伯爵家の領地の本邸には薔薇《ばら》の温室が残っているという話だったから、そこの薔薇を百本ほど」

「へっ、えええ――。青い薔薇を？」

アンのご主人様の物言いが殊更皮肉っぽくなるのは、サイモンがローズベリー青伯爵家にあるかもしれないと噂《うわさ》された青い薔薇の種を狙《ねら》って、一度アッシュを殺そうとしたことがあったからだろう。

――サイモン様も少しばかり魔が差されただけですが、信頼していた顧問弁護士で、義理とは言え従妹叔父の方に銃口を向けられたご主人様は、とても傷つかれたのでしょうから、嫌味の一つくらいは言う権利があるのかもしれないですね。

……などと、どこまでもご主人様の非は見ないアンである。

「白薔薇だ」

アッシュの皮肉にムッとした顔で答えたものの応戦する気はないらしく、サイモンは白薔薇を選んだ理由を説明し始めた。

「毎年、〈聖ブリードの日〉には父が盛大な宴会を開くから、極上の薔薇が大量に必要になるんだ。君が嫌でなければ、ローズベリー本邸には、父の屋敷の者を向かわせて薔薇を分けて貰うが、嫌なら君が選んだ配達人を使ってくれて良い。輸送費はこちらが持つから」

そうサイモンが言った途端、アンの自慢のご主人様は、固く握り締めた拳《こぶし》でテーブルを叩いた。それこそテーブルの上に並ぶ空《から》の食器が軽く浮くくらいに激しく。

「…………、あ、あの……ご主人様……？」

「か、閣下……？」

「ローズベリー青伯爵閣下?」

「「……ご、ご、ご……」」

アン、ベン、サイモン、それにカラとノラが、恐る恐る声をかける。

「……」

「アッシュ?　どうかした?」

「もう、何が気に入らないっていうのかしら?」

「そういう態度は不愉快です」

シドニーは無言で睨《にら》みつけ、ナッシュはきょとんとした顔で問い、アンのご主人様に負けずに不機嫌な様子でオリーブとリアノンが畳《たた》み掛《か》けた。

「……贈り物を受け取る相手が送料を払うなんて、初めて聞いたよ、僕は」

「それは、その」

サイモン様は当家の財政状況を慮《おもんぱか》って下さっただけでございますよ、ご主人様!　——と、アンはサイモンを庇《かば》いかけたが、主が続きを言うのが早かった。

「まったくここにいる連中ときたら、揃いも揃って、僕の財布の中身を心配しながら欲しい物を言うときた」

——えっ?　で、ですが、あの。

「それが不満?　皆、あなた——正確には青伯爵家の財政だけど——を気遣っているんじゃないの」

アンが言えない言葉を、主の従妹叔母という立場にあるオリーブがあっさり言えば。

「へっ、えぇええ――。オリーブ叔母上は、お友達に誕生日の贈り物はハンカチを一枚くれれば十分とか言われても、バカにされたとは思わないと?」

「そ、それは………」

――そ、そうですね。確かに、ご主人様のプライドを傷つける行為だったかもしれません。と言って、どこぞの裕福な貴族の使用人のように、皆が皆、身分不相応に高価な物をねだったら、いくら如才《じょさい》ない主でも大変なことになるのではないか。

――私達のために、金策に弄《はし》られるのは忍びないのですが、ご主人様。

「でも、ローズベリー青伯爵家に余分なお金がないのは事実じゃないの! あたくしもアンもベン達も、あなたから聖ブリードの贈り物を貰おうなんて、これっぽっちも思ってないわ。そりゃあ祭日に何もないのも寂しいけれど、ちょっとしたご馳走をシドニーに作って貰えば、それで十分だとノラ達だって思っているわよ。そうでしょう、アン?」

「は、はい! さようでございます、オリーブ様」

アンが同意すると、彼女の大事なご主人様はまだ眉間に皺を寄せたまま、鼻を鳴らした。

「ベン!」

どういう話の流れか、突然指名を受けたベンは銃口を向けられたかのような勢いで立ち上がった。

「はいっ⁉」

「僕がもし大金持ちで、ベンの欲しい物を何でも買ってやると言ったら、あんた、何と答える?」

問われたベンは、二重瞼《ふたえまぶた》をパチパチと音がしそうなほど瞬いた。

「……あの、閣下。無理して、用意されたりは」

「なんで僕がベンのために、そこまでしないといけないのさ？」

椅子の背もたれに体を預けて、不愉快そうに切り返す姿は、傲慢《ごうまん》が服を着ているように見える。

——でも、ご主人様はたかが使用人への贈り物に、これだけ時間をかけて尋ねていらっしゃるわけで。

この高慢な態度も照れ隠しなのだろうと思うと、アンとしては微笑《ほほえ》ましく映《うつ》る（この場の人間の総意ではないだろうが）。

「だったら、訊く必要もないんじゃないの？」

絶句したようなベンの代わりに、オリーブが切り返すと。

「人間、時々は自分が欲しい物を口にして、明確にしておいたほうがいいんだよ。あんたみたいに理屈とか理想とか常識とか色々こね回し過ぎて、自分が何を欲しいと思っているのかさえ解らなくなると、不幸になるだけなんだからさ」

「あっ、あなたに言われたくはないわね」

自分への当てこすりだと理解したオリーブの顔が強張《こわば》る。

サイモンも複雑な表情で、家を出て実家たるこの屋敷に戻った妻の顔をチラチラと見ている。

「えええっと！　では、僭越《せんえつ》ながら、自分が、金に糸目をつけず、なんでもいいから欲しい物が手に入るとしたらですね！」

と、夫婦間の微妙な問題から話を逸《そ》らそうと思ったのか、ベンが声を張り上げた。

「自分は、やっぱり最高の馬と最新流行の馬車が欲しいですねぇ」

「へっ、えぇー。それでその馬車で、女と逢《あ》い引《び》きでもするつもりか？」

この軍人崩《くず》れの御者が、ご近所周辺のメイドらに人気が高いことを知っているのか、青伯爵が軽口を叩く。

「いえいえ、閣下！　自分は、閣下みたいに見栄えの良いご主人様を乗せて、歴史あるローズベリー青伯爵家のカッコイイ紋章《もんしょう》が入った粋《いき》な最新型の馬車を、王族の方々が所持されているような最上の駿馬《しゅんめ》で駆りたいのであります」

今度は主が御者の言葉に瞬く番だった。

「……あ？」

「最高級の馬車と駿馬、そしてそれが似合うご主人様を乗せて、王宮通りを滑走《かっそう》するなんて、御者冥《みょう》利《り》に尽きることであります！　――そもそも馬も馬車もないのに、御者でございって顔で屋敷に居座っているのはどうも」

苦い笑いを浮かべながら、ベンが頭を掻《か》く。

それをなんとも言えない顔で眺《なが》めてから、青伯爵は視線を料理人に向けた。

「…………シドニー、あんたは？」

「ノルマンの最高級の鍋《なべ》一式に、バンツァの包丁、ヤポンの砥石《といし》」

こちらはベンとは違って即答だ。しかも、珍しく言葉に淀みがない。長らく望んでいる物なのだろう。

「……鍋に包丁に砥石？」

まな板よりは高価だと思うが、ご主人様はご不満のようだ。

「金のことは考えずに、本当に欲しい物を聞いているんですがぁああ？」

「どれも……安く……ない。一つで……高価な……宝石並み……の値段……する」

シドニーの母国にあるノルマンは大きな銅鉱山《どうこうざん》を持つ町だし、バンツァも鉱山が多く、非常に優れた銃や剣を作る国として知られている。

そんな地で造り出された品なら、たかが調理器具でもシドニーの言う通り、非常に高価なのかもしれない。

また、ヤポンは広大な海を隔《へだ》てた大陸の広漠たる砂漠を越えて、さらに天を貫く山脈の向こうにある遠い国だと、アンは聞いたことがあった。

そのように途方もない遠方から輸入される物ならば、砥石と言えども非常に高価になりそうだと思う。

「閣下が……正式な……晩餐会《ばんさんかい》する……時、最高の料理……出すのに……絶対、必要」

アンには女王陛下の料理人のものよりシドニーの作る料理が美味《おい》しく感じられるが、本人的には道具が揃えばもっと良い物が作れると思っているらしい。

シドニーの父は、母国で革命が起こる前、美食家で名高い侯爵のお抱えの料理人だったと聞いている。

それで、そういう高価で優《すぐ》れた道具に、シドニーは幼い頃から触れていたのだろう。

しかし、ローズベリー青伯爵家は、代々美食家の主を持つことがなかった。

だから、シドニーが料理人に着任した時、当家には彼が望むような道具が揃っていなかったのだと、改めてアンは気づいた。

「――ノラ、カラ、お前達は？」

シドニーの返答には納得したのかそうでないのか微妙な顔で、ご主人様は双子のメイドへと視線を移した。

「は、は、はい！　ノラは」

双子の姉は隣の妹の顔を見る。

妹は妹で、双子の姉の顔を見て頷く。

「ノラとカラは、もしお金がうんとあったら、綺麗な青銀色の絹を、紳士服一着分欲しいと思っていました」

「それに銀色の糸！　銀の糸をたくさんなんです。シャツを縫《ぬ》うのに極上の白い絹も、なんですよ」

「――――紳士服一着分の絹？」

なぜだか、アンの大事なご主人様は頭が痛いようで、こめかみに手をやっている。

「ノラ達、前のお屋敷で、古着を解《ほど》いて、それで服を作ることはたくさんやりましたよ」

「カラ達、古着を解くのは、もう空の星の数ほどやったのですよ」

「ノラ達、青伯爵家に来てからも、繕い物や古い服の直しはしました」

「カラ達、他のお屋敷にお手伝いに行った時も、繕い物や古い服の手直しをたくさんしました」

双子達は交互に、一生懸命語る。

「けれど、ノラ達、真《ま》っ新《さら》な絹を使って、新しい服を作ったことは、ぜんぜんないのですよ」

「生まれてから、カラ達、真っ新な布を裁って、新しい服を作ったことは一度もないのですよ」

「だから、真っ新な絹を自分達で裁断して、ご主人様の新しい服をノラ達で作れたら、とっても嬉しいねって」

「いっつもカラ達、話してたのですよ」

「…………そこで、なんで僕の服になるんだ、僕の服に？」

イライラした様子を隠さずに主が問えば、双子達はお互いの肩を抱き合って震え上がった。

「だ、だ、だって、ご主人様、ノラ達が見た人の中で」

「カラ達が！　カラ達が見た人の中で」

「「一番、着飾りたい姿をなさっていますもの」」

「僕は等身大着せ替え人形かっっ⁉」

青筋を立てて一喝《いっかつ》したご主人様に、双子のメイドはお互いの両手を取り合ったまま、今度は震えることすらできないほど、怯えて硬直してしまった。

「ご、ご主人様、あの、ノラ達は、別に悪気があるわけでは……」

「そうよ。ノラ達、いつも頑張っているもの。あなたもちょっとくらい等身大着せ替え人形になったって、バチがあたらないと思うわ」

アンとオリーブが、ノラ達を庇い、この屋敷の当主を宥《なだ》める言葉を言えば。

「ふん。じゃあ、オリーブ。僕が金に困ってなかったら、あんたは何をリクエストするんだ?」

「——そうね、あたくしは、この屋敷の完全な修復を望むわ」

一瞬だけ口を引き結んだオリーブは、すぐにそんな回答をした。

「わたし……わたしも、オリーブと同じ。窓にガラスを入れて、屋根の穴はきちんと塞《ふさ》いで、壁紙を貼り替えて、客用寝室にもちゃんとした家具を入れてほしい」

オリーブの年の離れた親友で、ご主人様の婚約者でもあるリアノンが言葉を添える。

「着せ替え人形の次は、等身大人形の家《ドール・ハウス》作りとかぁああ」

と、テーブルの上に置いた拳を振るわせ、一つ嫌味っぽいことを言ったものの。

「あんた達がそんなに今の部屋に不満だったとは知らなかった。まあ、二人の部屋をもう少し貴婦人の部屋らしくするくらいの財政的余裕はなくもないけど?」

なんだかんだ言っても、ちゃんとご婦人方の意見を取り入れる姿は、さすが青伯爵家のご主人様だとアンは感動している。

ところが。

「あたくしの部屋なんて後回しでいいのよ!」

「わたしの部屋も、別にいいです。全ての窓にちゃんとしたガラスを入れることと、正面から見えている屋根の穴をきちんと塞ぐことは最優先です」

と、当のご婦人方から、ご主人様は力強く拒否されてしまった。

「——ぁ?」

アンのご主人様は眉根《まゆね》を寄せる。

この点に関しては、アンも主と同じ気持ちだ。

「屋根も窓も急ぎの話じゃないだろ、雨風は防げているんだから」

「急ぐべきだわ」

「急ぐべきです」

オリーブとリアノンが二人揃って断言した。

そして、なお納得いかなげな顔をしている主（とアン）に、白竜王国《アングル》の名家の出であるサイモンがやれやれと肩を竦《すく》めて、解説する。

「我が栄えある光竜連合王国の表裏両女王陛下の後ろ盾を持ち、赤公爵家の姫君と婚約までしたと言うのに、いつまでもいつまでも廃墟同然の屋敷から、古着の一張羅《いっちょうら》を着込んで借りた馬車で王宮にやってくるようなら、世間からはこいつは金儲《かねもう》けが下手《へた》で、諂《おもね》っても利は薄いと足元を見られる。王宮の面々にバカにされたくなければ、新たに借金をしてでも屋敷を整え、盛大な晩餐会でも開くべきだろうな。だいたいリアノン様と正式に婚約しておいて、婚約のお披露目《ひろめ》の舞踏会を開いていないのも、貴族の常識から逸脱《いつだつ》し過ぎですよ、青伯爵閣下」

「……へっ、ええええ――」

顧問弁護士兼義理の従妹叔父からの細かくも丁寧な説明に、ちっとも感銘《かんめい》を受けた風もなくアンのご主人様は半眼で彼を見遣った。

「そーゆーのが、貴族的な考え方ですか、へっ、ええええ――」

とは言え、いつもよりは皮肉っぽい口調が大人しめなのは、渋々ながらもサイモンの説明に一理あることを認めたかららしい。

アンも恥ずかしさから瞳を伏せた。

――ご主人様が他の貴族の方々から冷たい目で見られるのは、リアノン様と婚約したことや女王陛下の覚えが目出度《めでた》いことをやっかまれているからだとばかり思っていましたけれども、それだけではなかったのですね。

領地や散逸した遺品を取り戻すことを最優先にした主の意思を尊重してきたが、他の貴族がどういう目でこの屋敷を見ているかに考えが至っていなかったと、アンは深く反省する。

……ちなみに当の貴族達がアッシュ・ローズベリーに冷たい理由を尋ねられたら、真っ先にあがるのはアンの意見でもオリーブ達の意見でもなく、「態度が悪いから」の一言になりそうではあるのだが。

「あのさ、アッシュ」

それまで黙っていたナッシュが口を開く。

「オレ、難しいことはよく解らないけど、願い事が叶うなら、ノラ達が作った服を着て、最高級の馬車から降りてくるアッシュの絵を描きたいな。背景は綺麗になった青伯爵家の屋敷で。……あ、シドニーさんの料理も描きたいから、料理を前にした絵も」

「…………」

――ナッシュ様が、ノラ達の製作した服でいつもよりさらにご立派になったご主人様を描かれるとなると、きっと二階の晩餐の間に飾るような素晴らしい絵ができますね！　ご主人様もナッシュ様のお考えに賛同なさったから、何も仰らないんですね！

アッシュの沈黙をアンはそう受け取ったが、他の面々は「ここでお得意のアレ、、が出ないって、うちのご主人様は本当にナッシュ様にだけ甘いよなぁ」くらいの感想しかない。

「……で、アン、あんたは？」

「わ、私ですか？　私が、何か？」

さて。

他の面々へ贈り物のリクエストを訊いているご主人様を見守っていたにも拘《かか》わらず、アンは自分にもその質問が巡ってくるとは、思ってもいなかった。

先刻からずっと自分を飛ばして質問をされているのは、自分が放つ「贈り物なんていりませんよ！」の気持ちが、ご主人様に届いたに違いないと思っていたのである。

「あんたが欲しい物は？」

しかし、ご主人様はアンにも何か下さるおつもりらしい。

――欲しい、もの？

今、一番欲しい物はと問われれば、それは。

「私は、ご主人様に当家の執事〈ジョージ・ハワード〉だと認め」

「却下《きゃっか》」

あっさりとアンの一番の願いは撥《は》ね付《つ》けられてしまった。

一考もされなかったのは、アンが全部を言う前に返答がきた時点で明白である。

「……そ、それは、その、私が執事には相応《ふさわ》しくないということでしょうか」

思わず泣きそうになってしまい、「ご主人様の前で涙を零《こぼ》すなど、執事としてあるまじきことです！」とアンは何度も瞬いて、涙を追い払いながら、問えば。

「じゃなくて！」

それでも声が執事にはあるまじきことに、鬱陶《うっとう》しくも湿ってしまったためか、ご主人様は物凄《ものすご》い形《ぎょう》相《そう》で吠えられた。

いやいや吠えるどころか、綺麗に梳《くしけず》られた銀髪をグシャグシャと掻き回された。

「ジョージと呼べとか……。だいたい、あんた、本名はなんなんだよ？」

「アンは捨て子だったんだから、本名なんて解るわけないでしょ。本人が一番呼んでほしい名前で呼んであげればいいじゃないの」

オリーブが取りなしてくれたが、主のほうは膨《ふく》れたままで。

「ごめんだね。そもそも〈聖ブリードの日〉の贈り物が、なんで呼び名云々《うんぬん》になるんだよ？　服とか靴《くつ》とか、あんた、本当に欲しい物が一つもないのか？」

重ねて問われて、アンはもう一度己の心に問いかけた。

――欲しいもの。

欲しいものならある。

胸の中に大事に大事に秘めている。

――でも、それは。

それは、自分が望んではいけないものだ。絶対に。

「——あの、本当に、何もないんです。仕事に必要な物は全部持っていますし……あ」

「なんだ？」

前のめりになるほど、アンの回答に関心を持っているらしい……つまりは使用人への心配りを忘れない優しいご主人様の姿に感動しつつ、アンは答えた。

「ご主人様達の暖炉用《だんろよう》の石炭が切れそうです、そう言えば」

回答した途端、アンの視界の端でなぜかベンが天井《てんじょう》を見上げた。

オリーブも、なぜだか額を押さえつつ首を振っている。

「……………………それは」

ご主人様のほうはと言えば、怒鳴りたいのを明らかに我慢している声である。

と言うか、我慢されたのはほんの一瞬だったようで、すぐさま雷が落ちた。


「それは、あんたへの贈り物ではなく、必要経費に計上される物品だろうが!!」


今夜最大級の一喝《いっかつ》である。

アンも他の全員も亀のように首を竦めた。

「ああ、念のため言っておくが、あんたが自分の部屋で使う石炭も、贈り物ではなく、必要経費に計上する物だからな！」

「……あの、私は寒がりではないので、部屋の暖炉を使うことは」

「使え！」

再び食器が揺れるくらいの勢いで、ご主人様は両手でテーブルを叩いた。

「まだまだ寒さが続いているこの時期に暖炉に火を入れないだと？　風邪を引かれて倒れられたら、迷惑だっっ！　絶対に使え‼」

その迫力にアンも頷かざるをえない。

ええっと。まあ、実際に使っているかどうかは、ご主人様には解らないわけですし――なんてことを考えたアンの心を読んだかのように、主の言葉が飛ぶ。

「毎日、きっちり使っているか確認するからな。八分の一オンスたりとも誤魔化すなよ」

「は、はい！」

凍りついた海のような青灰色の瞳で睨まれて、さすがのアンもしゅんと項垂《うなだ》れた。

「……普通は、配った量よりも余計に召し使いが使い込もうとするから、主もチェックするんだがな」

「サイモン、何か言いたいことでも？」

「いや！　アンは遠慮《えんりょ》深いから、閣下がきちんとチェックしたほうがいいと俺も思う」

そう言ってサイモンはきっちり上唇と下唇をとじ合わせた。

もう一言も余計なことは申しません！　と言わんばかりの顔である。

そんなサイモンをもう一睨みしてから。

「まったくうちの連中ときたら、どいつもこいつも」

と、市井《しせい》で育ったご主人様は、名門貴族の当主としてはどうかと思う下町風味の悪態を吐かれた。

「何よ？」

夫と違い、奥方のほうはまだまだ言い足りないようで、眉を逆立てて言い返した。

「あたくしは、あなたが不機嫌になるような願い事を誰もしていないと思うわよ？　むしろ、感激してほしいくらいだわ」

「感激！　ハッ！」

と、アンの大事なご主人様は、従妹叔母の言葉を鼻で笑った。

「ああ、有《あ》り難《がた》くて涙が出るよ。どいつもこいつも職務に忠実で、自分自身に必要な物ではなくて、アッシュ・ローズベリーに必要な物を欲しがるんだから」

そう吐き捨てて立ち上がると、扉の前までアンの大事なご主人様はスタスタと歩かれた。

それから扉を開けて、廊下に体半分出したところで立ち止まられて。

「――まあ、今年の〈聖ブリードの日〉には間に合わなくても、あんた達の願いが叶うよう努力してやるさ」

……アンにとって。

いや、ローズベリー青伯爵家の人々にとって、その照れたような声で告げられた主の言葉は、何よりの〈聖ブリードの日〉の贈り物だった。

青薔薇殿下と四人の使用人

The Blue Rose and a Butler In Disguise.

『本物の青い薔薇《ばら》を持ってきて下さったら、妻になりましょう』

この世界中で最も豊かで美しい大国として知られる光竜連合王国《グロリアス・ウィルムズ》の女王グラディスがそんなことを言い始めたのは、今から何十年も昔だ。

以来、光竜連合王国の国民はもちろん、かの連合王国の国王を夢見る国内外の野心家達にとって、青い薔薇は特別な花になった。

青い薔薇を生み出そうと様々な国の王や貴族達は園芸家や錬金術師《れんきんじゅつし》を雇い、研究を続けたが、青い薔薇を生み出すことは叶《かな》わなかった。

だから、いつしか人々は青い薔薇の花言葉を〈叶わぬ夢〉と定めた。

しかし、女王グラディスが求めていた〈青い薔薇〉は、本当は青い色の薔薇の花のことではなかったのである……。

カラの場合

〝青い薔薇《ばら》さえ手に入りゃ、オレの夢は叶《かな》うんだよ〟

と、カラ達が最初に勤めた館の旦那《だんな》様は、いつも口癖《くちぐせ》のように言っていた。

〝青い薔薇が手に入りゃ、オレは女王陛下のお婿《むこ》様になって、王宮で贅沢三昧《ぜいたくざんまい》できるのによう〟

〝バカなこと言ってないで、ちょっとは店を手伝ったらどうなんだい、このヒモ亭主！〟

別名をショウカンと言うらしいその館には、たくさんの綺麗なお嬢様とたくさんのお客様がいて。

奥様もお嬢様方も館の誰もがお客様の接待に忙しく働いていたから、酒を飲んで管《くだ》を巻くばかりの旦那様に奥様がそう怒るのも当然だとカラは思った。

――旦那様は今でも十分贅沢三昧だと思う。

当時の主《あるじ》の姿は、カラの目にはそう見えた。

毎日毎日、洒落《しゃれ》た服を着て美味《おい》しい料理を食べて、お客様とちょっとした会話をしたりお酒を飲んだり賭《か》け事《ごと》をしたりして一日を過ごす。

その合間に使用人を呼びつけては、怒鳴り散らし、威張《いば》り散らすのが日課な人だ。

十分王様のように贅沢でワガママで気ままに遊び暮らしていると、カラが思うのも無理はなかった。

――そもそも奥様がいるのに、旦那様は女王陛下のお婿様になれるのかしら？

その素朴《そぼく》な疑問は、ローズベリー青伯爵のお屋敷に来て〈離婚〉という言葉を知り解けたが、その頃のカラには不思議でしょうがないことの一つだった。

もう一つ疑問に思っていたのが、旦那様が手に入ればと毎日のように言っている青い薔薇のことだ。女王陛下が求婚者に求めた品のせいか、当時、意中の女性に青い薔薇を贈るのがどうも流行《はや》っていたらしい。

館を訪れるお客様もお嬢様方への贈り物として、頻繁《ひんぱん》に青い薔薇を持ってきていた。それも一輪や二輪なんでものじゃなく、大きな花束《はなたば》で持ってくるお客様もいたくらいで、カラがその館にいた頃、館の中は至る所に青い薔薇が溢《あふ》れていたのだ。だから。

〝……旦那様が。旦那様が仰る青い薔薇は、この薔薇とは、違うのです？〟

ある日、お客様が持ってきた青い薔薇を花瓶《かびん》に飾るよう命じた奥様に、前々から謎《なぞ》だったことを思い切ってカラが尋ねると。

〝これは白薔薇を青く染めただけの偽物《にせもの》だよ、ララ〟

お客様の前では上品ぶっているが素《す》は下町っ子な奥様は、笑いながら蓮っ葉な言い方で答えた。

ちなみに当時、カラもノラも〈ララ〉と呼ばれていた。

呼ぶ時はどっちがやってきても構わないんだし、二人一度に呼ぶ時も〈ララ〉だけでいいのだから便利だよ——そう言ったのは、実の母親だったかこの奥様だったか、カラは覚えていない。

〝偽物のお姫様に偽物の王様。綺麗な宝石も美しい愛の言葉も、全部この花と同じく偽物だよ。この館にあるものは、何もかもまがいものさ〟

しかし、その時、奥様が言った言葉は、当時七つかそこらの子供だったカラには難し過ぎたにも拘《かか》わらず、心に残った。

〝偽物の青い薔薇を持った偽者の王様には、王宮の門は絶対に開かないんだよ。――だから、旦那様はここにいるしかないのさ。あたしの元にね〟


――うわぁあああああああ……。

見上げれば、この偉大なる光竜連合王国《グロリアス・ウィルムズ》の女王陛下のお住まいである白亜の王宮は、本当に大きくて立派で壮麗で。

おまけに縁《ふち》に銀《ぎん》刺繍《ししゅう》が施《ほどこ》された紺のお仕着せを着て先導する初老の侍従は、間違ってもカラ達と同じ平民出身ではなく、貴族の一人だと思われた。

と言うか、すれ違う人の誰も彼もが高貴な方々で、門の前に立つ衛兵の一人として平民出身者がいないように見える。

――こんなに！　こんなに、綺麗で立派で偉《えら》い人しかいなさそうな所、カラ、入っていいのかな？

なんだか途方もなく場違いな所に来てしまった気がして、カラは奥宮殿の正門前で立ち竦《すく》んだ。

本日のカラはいつものメイド服ではなく、教会に出かける時の一張羅《いっちょうら》だ。

一張羅と言っても、世間から長らく〈呪《のろ》われた貧乏伯爵〉と揶揄《やゆ》されてきたくらい貧しい暮らしをしてきたローズベリー青伯爵家の、さらに単なるメイドに過ぎないカラには潤沢《じゅんたく》な服飾費はない。

だからこの一張羅も、下町で安く売られていた古着を解《ほど》いて自作した物だ。

古着から作ったとは言え、ほんのり灰色がかった薔薇色のワンピースは染み一つなく清潔で、前にアンが作ってくれた薔薇のポプリのおかげでいい匂いがする。

腰の後ろで蝶結《ちょうむす》びにしたサッシュは光沢《こうたく》のある淡い灰色で「ちょっぴり大人っぽいのですよ！」とカラはこの服に大満足していた。

しかし、屋敷の自室や使用人達向けの教会ではカラの裁縫の腕前とセンスの良さが光ったお気に入りの服も、豪華絢爛《けんらん》な王宮の中では子ネズミの毛皮のように見窄《みすぼ》らしく思える。

とても場違い過ぎて、通りがかる人達の視線が痛く、カラは回れ右をして屋敷に帰りたくなった。


〝偽物の青い薔薇を持った偽者の王様には、王宮の門は絶対に開かないんだよ〟


そんな前の館の奥様の言葉が、不意に思い出されたのだ。

——別に！　別にカラもベン達も偽物の王様なんかじゃないですよ？

胡散臭《うさんくさ》そうにカラ達を見る人達に、そう言い訳したくなる。

それにカラとて、今まで王宮にまったく縁がなかったわけではない。

八日前に王宮内の裁判所へ傍聴人として出かけたし、七日前は表宮殿で行われた舞踏会の臨時メイドとして訪れている。

そうは言っても裁判所は王宮内でもかなり外門寄りで、比較的平民も多く出入りするエリアにある建物だ。

臨時メイドの時も下働きの使用人達が使う裏門から入り、ほとんど裏方仕事だったから、ここまで上品な人達に囲まれて気後れしなくて済んだのだ。

そして、何よりも。

——あの時は、アン……様も一緒でしたし。

そう思った途端、カラは泣きたい気持ちになった。

一週間前まで家族のように一つ屋根の下で一緒に暮らしていたアンは、今は天国より遠い所にいるとカラは思う。

カラにとって、アンは特別な存在だった。

先日まで男の人だと思っていたが、女性であろうとも、カラがアンを好きなことに違いはない。

双子《ふたご》の姉のノラと同じくらい、いやもしかしたらそれ以上にカラはアンが大好きだった。

ずっとノラと二人一緒に〈ララ〉と呼ばれていたカラに、カラという名前をくれたのはアンで「ノラがお姉さんで、カラが妹ですよ」と——それが真実かは誰にも解らないが確率は半々だし、カラは妹であることに満足している——判断してくれたのも彼女だ。

その上、彼女は初めて逢《あ》った時から、絶対にカラとノラを取り違えなかった。

——それに、ご主人様も。

もっともご主人様はアンとは違って、二人が同じ格好をしていると見分けることができないと仰《おっしゃ》り、カラ達に髪型を変えるよう命令された。

ノラが一つおさげ、カラが二つおさげにするようにしてから、誰もノラとカラを間違えなくなった。

それまで気にしていなかったが、カラをカラだと皆が呼んでノラと区別してくれることは、カラにはとても重要なことだった。

〈ノラ〉とか〈ララ〉とか呼ばれると、自分が自分ではなくて、〈もう一人の偽物〉みたいに思えて凄《すご》く嫌だったのだと気づかされたのだ。

ノラにその話をすると、ノラもまったく同じ気持ちだったと言う。

――アン様もご主人様も、凄いのです……！

カラ達が自覚していなかったその感情に、アンもご主人様も気づいて、二人を別々に扱《あつか》ってくれた。

カラはカラで、ノラはノラだと。

そういうわけでカラ達にとって、アンもご主人様も特別な存在だ。

その凄いご主人様は、女王陛下が長年探し求めていた本物の〈青い薔薇〉たる本物の王女様のご子息で。

カラ達と同じ平民で同じ使用人だと思っていたアンも、実はローズベリー青伯爵家の正真正銘《しょうしんしょうめい》の伯爵令嬢アンジェリカ様だった。

つまり、カラ達以外にとってもお二人は、凄く特別な存在だったわけだ。

王子様に見初《みそ》められて――と、言うには「何か、何か違う気がするのですよ？」とカラは思うが、あの二人の出逢いから婚約までの出来事を端的に説明すると、そう表現するしかない――、そう遠くない未来にアンもといアンジェリカ様は緑竜王国大公妃殿下《プリンセス・オブ・エリン》になり、そしていつかはこの光竜連合王国の王妃様になられる。

それはまるでカラ達が好きなお伽話《とぎばなし》のシンデレラそのものだ。

加えて、あの口が悪くて性格が刺々《とげとげ》しくて相手が誰でも手厳《てきび》しい……でも、カラ達使用人にさえ実はかなり細かく気遣《きづか》っていたご主人様——今やこの大王国の王太孫殿下だが——を、アンがどれくらい好きなのか、まだまだ子供のカラだってよく解っていたから。

だから、二人が遠い雲の上の人になって、これからは逢うことも難しい存在になると解っても、カラは嬉しかった。

——嬉しい！　嬉しいのです、カラは！

両拳を握り締めて周囲に力説したいくらい、自分はアンとご主人様の幸せを喜んでいる。

ただ、なし崩し的にアンもご主人様も王宮に住むことになり、ほとんど別れを惜しむ間もなくローズベリー青伯爵邸を出てしまったのは少しばかり……いやかなりたくさん……淋《さみ》しかった。

そんなこんなでカラには、この王宮が立派であればあるほど、自分と彼らの間の隔《へだ》たりがどれほど大きいものか思い知らされるような気持ちになるのだ。

「カラ？」

多分、双子の姉のノラもカラと同じ思いなのだろう。

立ち止まったカラに、同じように青い顔をしたノラがこちらを覗き込む。

「ノラ」

姉の名前を呼んだものの、相手と同様カラもそのあとの言葉が続かない。

そんなカラの背中を叩いたのはローズベリー青伯爵家の料理人のシドニーで、ノラの背中を叩いたのは同じく青伯爵家の御者《ぎょしゃ》のベンだ。

「取って……食べられたり……しない」

シドニーの言葉に、ベンも破顔する。

「そうそう。いくらあの閣下《かっか》、おっと今は王太孫殿下だった。殿下でも、取って食べたりはしないし、ない。どういう理由で、こんな朝早くから自分達を王宮に呼びつけたかは解らないが……別に、悪い話じゃない……よなぁ？」

豪快に笑ったくせに、最後の最後でベンは心配そうにシドニーの顔を覗き込んだ。

「…………………知らない」

——えっと、えっとシドニー？

どんなに乏《とぼ》しい材料からでも魔法のように美味《おい》しい料理を作るシドニーは、こと料理に関しては超細かいし超うるさい。

が、料理以外には無関心と言うか、万事どうでもいいと思っている節がある。

「行けば……解る。遅れると……叱《しか》られる」

当たり前のことをシドニーに言われて、カラ達はちょっとぐったりした。

——ご主人様……じゃなかった王太孫殿下が、カラ達にご用事ってなんなんだろう？

呼び出されたのがシドニーだけなら「シドニーが作る御飯が食べたいのです？」とカラも推測できる。

――ベンも、お馬のことは凄く詳《くわ》しいですよ。

だから、ベンが呼ばれたのも、厩《うまや》関係でベンの力を借りたくなったのかもしれないと納得できる。

――でも、カラは……カラもノラも、ただのメイドですよ？

カラ達より優秀なメイドなんて、王宮に掃《は》いて捨てるほどいよう。

優秀な御者のベンと天才的料理人のシドニーならともかく、単なるメイドのカラ達まで呼ばれる理由がまったく解らない。

解らないから、ちょっと怖い。

あの見た目だけは素晴らしく麗《うるわ》しい王子様――しかも、正真正銘本物の王子様だった！　――は口と態度は悪魔のようにひどいが、けして悪人じゃないし理不尽な折檻《せっかん》をなさるような方でもない。

しかし、それでも対面するととても緊張する方なのだ。

単なるご主人様の時分でもそうだったのに、王太孫殿下などという、この連合王国の女王陛下に次ぐ偉い人になられたと聞けば、なおのこと。

「コホンッ！」

諸々《もろもろ》の理由でぐずぐずと立ち止まったカラ達の耳に、いかにもな咳払《せきばら》いが聞こえた。

顔を上げれば、門前に留まっているローズベリー青伯爵家の使用人達を、門の向こう側からジロリと初老の侍従が見ていた。

それで、二人の大人と二人の子供達が慌てて侍従の元に走り寄ったところ。

「――奥宮内では静かに」

言外に「これだから、平民は」と見下すような口調で叱られ、冷ややかに踵《きびす》を返された。

――う……。

侍従が歩き出したのとは反対方向に踵を返したくなるのを、涙目になりつつカラは必死で我慢した。


さて。四人が気位のすこぶる高い侍従に案内されてやってきた部屋は、片方の壁にはぎっしりと高価そうな本が詰まった書棚が、反対側の壁には天井《てんじょう》から床までの大きな鏡が六枚も嵌《は》め込《こ》まれて一面ほぼすっかり鏡という、王太孫殿下の執務室だった。

「皆さん、おはようございます。今日はこんなに朝早くからご苦労様です」

正面の窓ガラスから降り注ぐ朝陽を背に、いつものように明るい笑顔のアンは、まるでローズベリー青伯爵邸での今までの朝のように丁寧に挨拶《あいさつ》をしてくれた。

青竜王国《アルバ》随一《ずいいち》の名門青伯爵家のご令嬢と判り、王太孫殿下と婚約し、将来はこの連合王国の最も尊《とうと》い女性たる王后陛下《おうこう》になることが決まっても、アンは居丈高《いたけだか》になったりせず、相変わらず腰が低い。

――アン様はやっぱりアン様なのですよ。

と、カラはちょっとホッとする。

そんなアンの傍《かたわ》らの大きな机に大量の資料を積み上げて、カラ達の元ご主人様は何やらたいそう難しい顔で書き物をされていた。

そして、ちらりとカラ達に視線を送って、すぐに仕事に戻られる。

カラが前に勤めていた館では旦那様は無類の遊び人で、いつか女王陛下の婿になって遊び暮らすのが夢だと言うような人だった。

だから、世の〈旦那様〉とか〈ご主人様〉という方は全員そういうものかと思っていたカラは、目の前の方がローズベリー青伯爵としてカラ達の主だった頃、その勤勉ぶりに驚いたものだった。

しかも、貧乏伯爵家の当主から世界有数の大王国の王太孫にジョブチェンジをなさったにもかかわらず、以前とまったくお変わりがない。

いや、以前にも増して仕事にお忙しいご様子で、遊び暮らすなんて考えは一欠片《ひとかけら》もないようで、実は王子様という職業は大変なんだと感心する。

――えっと。えっと……。

しかしである。

昨夜遅く、翌朝八時きっかりに来いなんて無茶な呼び出しをかけたくせに、そういう態度を取られると大人のベンやシドニーはもちろん子供のカラやノラだって対応に困ってしまう。

――カラ達は！　カラ達は、ご主人様……じゃなかった王太孫殿下に、呼ばれたから来たんですけど……？

「おはようございます、殿下。それから……アン様」

最年長のベンがともかくと言った感じで、口を開いた。

「おはようございます、ベン」

ベンの挨拶に、改めてアンがやっぱり丁寧に愛想良く挨拶を返す。

その顔に、ちょっぴり気恥ずかしそうな表情が浮かんだのは、今まで使用人仲間として兄と言うか父親と言うかそういう立場にあったベンから様付きで呼ばれているからだろうと思う。

「……あのぅ、アン様」

ベンが大きな手の置き場に困るとばかりに、頭をガシガシと掻《か》きながら切り出す。

「はい」

「その格好は、いったいどうなさったのかと、自分は伺《うかが》いたいのであります」

動揺しているのかベンの言い回しはかなり変だったが、カラもおそらくノラやシドニーも同じ疑問を持っていた。

仕事をするご主人様と、その傍らに控《ひか》えて手伝う執事のアン。

それはローズベリー青伯爵邸では見慣れた光景で、今、王宮内の王太孫殿下の執務室という場所こそ数倍いや数十倍立派な部屋に変わっていて、二人の服が数ランク上の生地で作られていること以外は、まったく以前通りだった。

――でも！　でも、それっておかしいはずですよ？

福音教国《エワンゲリウム》の極々《ごくごく》一般常識で言えば、良家の子女は男装をするものではない。

なにせ聖書に禁止された行為である。

だから、良家中の良家の子女と言ってもいい王太孫殿下の婚約者たる青伯爵令嬢が、従者みたいな格好をして殿下の傍らに控えていたら、カラ達でなくても連合王国民は我が目を疑っただろう。

ベンの問いにアンは自分の服装を見下ろし確認して。それから。

「はい、ご主人様の」

「ぁ？」

アンの言葉に、元ご主人様現王太孫殿下が、顔を上げる。

「あ、いえ、殿下の、です」

婚約者のお姫様でも、王子様に対してはお名前ではなく、そう呼ばないといけないのです？　――と、カラは小首を傾《かし》げた。

貴族や王族の仕来《しきた》りにカラは詳しいわけではないから、違和感を覚える自分がおかしいのかなと思いもする。

が、こっそり見遣《みや》ればカラ達の元ご主人様（略）殿下も、なんだか不服そうな顔をされている。

もっともこの方はその美貌《びぼう》と反比例するかのように、愛想が悪くて不機嫌そうな顔がデフォルトだ。

なので、〈殿下〉と呼ばれることに本当にご不満なのか、カラには断定できない。

それはさておき。

「殿下のお手伝いをするには、この格好が一番ですから！」

凄く張り切った様子で、明るく光り輝く笑顔を振りまきながらアンは応《こた》える。

「――――」

そんなアンの横顔を何か物言いたそうな顔で、元（略）殿下は五秒ほど眺めていらしたが、口に出しては何も突っ込まれなかった。

「……それで？　なぜ……俺達……呼ばれた？」

外国人のシドニーはもう何年もこの国に住んでいるわりに、連合王国語が未だに苦手だ。

ブツブツと途切れ途切れに話す口調は、慣れていない人間にはひどく冷たく聞こえる。

もちろんカラ達は、シドニーが冷たいなどとは間違っても思わないが。

「ああ」

と頷いた元（略）殿下は、手元の書類に一行ほど何か書き足された。

それで目の前の仕事に区切りがついたようで、その書類を机の端の文箱《ふばこ》に入れられてから、改めてカラ達の顔を順番に見られた。

「今日、あんた達を呼び出したのは色々あったおかげで、あんた達がローズベリー青伯爵家に対する借金返済を忘れているんじゃないかと危惧《きぐ》したからだ」

「……え？」

「えっと、えっと？」

「は、は、はい？」

「……」

予想外過ぎる言葉に、ベンとカラ、ノラは疑問の声をあげ、シドニーは無言で腕を組み直した。

シドニーの態度は論外にしても、多分自分達の反応も王太孫殿下なんて言うとてつもなく偉い人の前で取る態度ではないだろうと、一瞬後にカラは思った。

だが、礼儀作法に構っていられないくらい吃驚《びっくり》したのだ。

この方がアッシュ・ローズベリー青伯爵を名乗ってお屋敷に現れた時、カラ達は仕《つか》えるべきローズベリー青伯爵その人はもちろんご家族様も誰もいないままお屋敷に半年ほど住んでいた。カラ達の認識としては無人となったローズベリー青伯爵邸を保守していたのだが、元（略）殿下の見解は異なった。

仕えるべき主のいない屋敷に不法滞在していたとして、半年分の家賃を請求されたのである。

そして、その家賃は、カラ達それぞれの給料から毎月天引きされることになったのだ。

――天引きと言っても、月に半銅貨《ペンス》ですけど。

元（略）殿下が定めたカラ達一人一人の半年分の家賃は六銀貨《ギニー》。

一銀貨は六十銅貨。

つまり三百六十銅貨の借金を、カラ達はそれぞれ二ヵ月で一銅貨返してきたわけで。

真面目《まじめ》に毎月々その額で返すと六十年はかかる計算になる。

だから、屋敷の緊縮財政のためにカラ達の給与を少しでも抑えようと思われただけで、本気で借金完済を求めていらっしゃるわけではあるまい。

それが最年長のベンの見解で、カラもノラも多分シドニーも、ずっとそれが事実であるかのように思っていた。

そのような事情で己《おのれ》が背負っていた借金について「カラはちゃんと覚えていたのですよ！」と主張するつもりはないが、当主が変わったからと天引きがなくなるとも別に思ってはいなかった。

と言うか、皆、八日前の裁判から次々に明かされていった衝撃の事実の連続に頭がいっぱいで。

とてもとても自分達の借金のことまで頭が回っていなかった！　――というのが正直なところだ。

「僕は、まあ言わば臨時当主だったわけだけど、僕が当主の間に片付けるべきあんたらの借金徴収《ちょうしゅう》を残したまま、スコット・ローズベリー卿《きょう》に当主の座を返すのは心苦しい。だから、早急にあんたらには借金を完済してもらおうと考えている」

なのに、キッパリ過ぎるくらいキッパリとした口調で元（略）殿下は仰《おっしゃ》る。

――えっと、えっと……。

銀貨五枚と銅貨が……とか残債《ざんさい》を考えて、カラは気が遠くなった。

一ヵ月に半銅貨《ペンス》ならともかく、一銀貨《ギニー》だって今すぐ払えと言われたらカラは――多分ノラや他の人達も――苦しい。

「で、殿下は……その、王太孫殿下になられたわけで。ローズベリー青伯爵家とは、最早《もはや》関係がない方なのでは？」

だから、その件から手を引かれてもいいのではと、ベンは続けようとしたようだった。が。

「へっ、ええええ――――！」

即座に元（略）殿下の相も変わらぬ得意技が返ってきて、ベンはもちろんカラも銃弾《じゅうだん》でも飛んできたかのように思わず首を竦《すく》めた。

「僕が王太孫になったからって、なんだってあんた達のローズベリー青伯爵家への負債が帳消しになるのさ？」

正論である。ぐうの音も出ないほどの正論だ。

「……それはそうかもしれませんが、いや、しかし、閣下《かっか》じゃない殿下……」

それでも、ベンがなんとか食い下がろうとする。

「ま、ぁあ？」

高価そうな椅子の上にふんぞり返って、元（略）殿下は鼻を鳴らされた。

「スコット・ローズベリー卿が陛下に預けていた財産も戻ってくるんだし、卿は格別吝嗇家《りんしょくか》ってわけでもなさそうだから、あんた達の借金について、とやかく言わないかもしれない。でも、だからって借金を返済せずにばっくれるなんて、使用人として筋が通らないだろう。それにさっきも言ったけど、僕がローズベリー青伯爵家を預かっていた時に生じた問題を、スコット・ローズベリー卿に背負わせる気はない。とっとと払ってもらおうか」

「……ですから、それは、しかし、その」

「あ、あの！」

ベンが皆を代表してなんとか抗弁しようとしているところへ、なぜかアンが口を挟《はさ》んだ。

「であれば、私も借金を抱《かか》えているということになりますよね？」

「――――ぁ？」

不機嫌そうに殿下は、傍らに立つ男装の婚約者を睨《にら》み上《あ》げられた。

変な話だが、この切れ者の王子様は最上級に不機嫌な顔をしている時はそれこそ心臓が凍りつきそうなほど怖いのに、反面一番魅力的にも見える。

刺《とげ》のある薔薇が花の中で最も美しいとされるように、刺々しい空気を身に纏った殿下は一番美しくて、怖いと思いつつもカラは見惚《みと》れずにはいられない。

——横から！　横から見てる時限定！　なのですよ！

カラにはあの凍《い》てつく真冬の空を思わせる冷たい視線を向けられて耐える自信がない。

いや多分、世間の大部分の人々もそうだろう。

「どうしましょう？　すっかり忘れていました！　恥ずかしながら私、個人の貯金はあまり」

ただしアンはまったく元（略）殿下が怖くないようだ。

無論彼の一睨みで怯《ひる》むような繊細《せんさい》なお姫様なら、婚約など到底無理な話であると思うが。

「なんで？　そんな？　話に？　なる？」

一文節ごとにくっきり区切りながら、元（略）殿下は婚約者の言葉を遮《さえぎ》り、問われた。

カラの見間違えでなければ、元（略）殿下の右手に握り締められた羽ペンが、小刻みに揺れている。

ああ、怒鳴りたいの、我慢されているんだなぁ——と、子供のカラでさえ気がついたというのに、アンときたら。

「ベン達が借金返済を迫られるのなら、当時ローズベリー青伯爵家の執事だった私も同じだけの借金を背負っていますから！　私も忘れずに返済しないといけませんよね？」

「————」

婚約者の空気を読まないにもほどがある発言に、元（略）殿下は額に手をやり、何度か何かを言いかけられて……結局、深い深い溜息を吐《つ》かれた。

今までだったら、あそこで大喝《だいかつ》が飛んでいたのに、愛って偉大だねぇ——とは、後日ベンが苦笑して述べた感想である。

「……あんたはローズベリー青伯爵令嬢だったんだから、伯爵邸に住んでいたからって家賃を払うべき立場じゃないだろう」

大喝ではなかったが、ピリピリした口調でアンに元（略）殿下は反論される。

確かに本当はローズベリー青伯爵令嬢だったアンと使用人に過ぎないカラ達では立場が違う。違い過ぎる。

「ですが」

「ともかく！」

しつこく食い下がる婚約者の言葉を、再び強引に元（略）殿下は遮った。

――なんだか。なんだか大変そうなのですよ……。

カラが状況を忘れて、思わず元（略）殿下に厚く同情していると。

「ベン、シドニー、ノラ、カラ。あんた達には返すべき借金がある。が、あんた達にそれを払う余裕がないのも解っている」

目の前の元（略）殿下ご自身が今までカラ達の給与の采配《さいはい》をしていたのだから、皆の懐《ふところ》具合など百も承知だろう。

「だから、スコット・ローズベリー卿と相談して、あんた達を僕が三ヵ月ほど借り受けた」

――借り受けた……？

借り受けたとはどういう意味かと、四人が四人とも顔に疑問符を書いて、元（略）殿下の、見た目だけはまったく非の打ち所のない秀麗な顔を見る。

「借金返済のため、王宮で割のいい短期間労働を紹介してやる。三ヵ月真面目《まじめ》に勤めれば、青伯爵邸での稼《かせ》ぎの三年分は稼げる。悪い話じゃないと思う」

悪い話ではない。

しかし、悪かろうと良かろうと、どの道この元（略）殿下の命令に、カラもノラもそしてベン達大人組も逆らえるはずなど最初からなかったのも事実である。


夕方、一日大好きな針《はり》仕事三昧だったカラ達は幸せで幸せで幸せで頬が緩《ゆる》みっぱなしのまま、奥宮殿の門の前でベン達を待っていた。

「……遅いですね、ベン」

「シドニーも、なのです」

姉の独《ひと》り言《ごと》のような台詞《セリフ》に、カラも合いの手を入れた。

カラ達は王宮住み込みの使用人ではないから六時には上がっていいと言われたのだが、王宮の中央にある背の高い時計塔の示す時刻は六時半を回っている。

帰りにもう一度殿下の執務室に寄るよう言われていたので、カラ達はベン達を待っているのだ。

「シドニー、晩餐《ばんさん》の支度《したく》まで手伝わされてます……？」

「ベンもこんなに遅いのは、お馬さん達の晩ご飯に付き合ってます……？」

そんな会話を交わすと、カラは自分もお腹が空《す》いていることに気づいた。

──カラは早くお屋敷に戻って、晩ご飯を食べたいのですよ。

となると。

カラが言い終わる前に、双子の姉はキッパリと首を振った。

「ノラはベン達を待ちたいのです」

「カラ達、カラ達だけで」

「……」

空腹と、自分達二人だけで──アンが横にいても、彼女はご主人様至上主義者なので、言葉は悪いがあまり役に立たない──あの薔薇のごとく美しくも刺々しい殿下に立ち向かう恐怖を秤《はかり》にかけ……

カラはノラの意見に従った。

──見てるだけ！　見てるだけなら、ご主人様は本当に素晴らしいのですよ。

カラは裁縫が好きで好きで、大好きだ。

好きが高じて「この人には、こういう服を着せたいのですよ」と、出逢う人の誰もに一番似合いそうな服を妄想《もうそう》する癖《くせ》がついたくらいだ。

そんなカラが今まで出逢った人々の中で断トツで着せ替え妄想が捗《はかど》ったのは、元ご主人様であるアッシュ王太孫殿下で、二番目がかの殿下の婚約者であるアンである。

──お二人とも、本当に本当にとってもお綺麗なのですよ。

特に元（略）殿下は顔だけでなく、体つきも長身で細過ぎず太過ぎず、すらりと均整が取れていて、姿勢も素晴らしくいい。

アンも同じく顔も姿勢も良いのだが、女性ならばもう少し肉付きが欲しいところである。

――そう言えば、アン様の婚礼衣装は、どんなドレスになるんでしょう……？

元（略）殿下にカラ達が紹介された割のいい短期間労働は、王宮付き服飾師長の手伝いだった。

王宮付きの服飾師は、女王陛下や王族方のお召し物のデザインから縫製までを引き受ける一流の職人ばかりだ。

そんな服飾師達が集まる作業場で、アン達の結婚式が三ヵ月後に内々定したとカラは小耳に挟《はさ》んだのである。

――婚礼のお衣装だから、白色ベースなんです？

以前カラ達が雇われていた館には、元王宮の服飾師だったという老婆がいて、彼女にカラ達は裁縫を仕込まれた。

館に何十人もいた奥様の養女達のために、カラ達は来る日も来る日も古ドレスを解いて生地《きじ》の表裏を入れ替えて縫《ぬ》い直《なお》したり、数枚のドレスから一着新しいドレスを仕立てたりと、たくさんのドレスを縫ってきた。

そんなカラ達でも、今まで婚礼衣装は手がけたことがなかった。

教会で婚礼を挙げる人達を何度か見かけたから、衣装の色が白なのは想像がついたが、なんと言っても件《くだん》の二人は、この光竜連合王国の次の国王夫妻である。

カラが見たこともないような上等の絹やらレースやら宝石やらが、惜しげもなくふんだんに使われたものになるのは間違いない。

――きっと服飾師長様が作られるのですよね？　服飾師長様にお願いしたら、カラ達も、お手伝いできるのです……？

ドレスの裾《すそ》をかがったり、礼服のボタンをつけたりするようなささやかな仕事でも、二人の婚礼衣装に少しでもカラは携《たずさ》わりたかった。

それは尋ねるまでもなく、ノラも同じ気持ちだろう。

――明日……は無理でも、お式までにカラ達にも婚礼衣装を手伝わせて下さいって、カラ、頼めるかしら……？

相手がアンやベンなら頼みごとも言いやすいが、他の大人に何かを頼むのは人見知り癖のあるカラには結構ハードルが高い。

――でも！　でも、カラは頑張るのですよ！　だって、アン様とご主人様の婚礼のお衣装ですもの……。

そうカラが胸の中で決意を固めていると、青灰色の帽子を被《かぶ》った見慣れない人物が傍《そば》にやってきた。

「カラ、ノラ」

すっかり知らない人だと思っていたので、名前を呼ばれてカラ達は驚きのあまり固まってしまった。

「……その声は、その声は……ベン……？」

「べ、べ、ベンなんです？」

最近ではどもり癖もずいぶん減ったカラとノラだが、極端に驚いたりすると、どもってしまう。

二人の反応にベンは苦笑いして、いつものように頭を掻こうとして帽子を落としそうになり、慌てて被り直した。

その帽子から溢れたベンの髪はいつもの茶色ではなく、金髪に見紛《みまご》うほど光り輝いている。

そして日頃はぞんざいに括《くく》っただけなのに、今は首の後ろの所で一筋の乱れもなくまとめられていて、とても感じがいい。

使う刃がなまくらなのか普段は剃《そ》り残《のこ》しがある頬や顎《あご》の髭《ひげ》も、今は綺麗に剃られているせいか、清潔感に溢れ、あれやこれやでいつもより十歳は若く見える。

着ている物も上品な青灰色の乗馬服に見栄えのいい外套《がいとう》で、まるで立派な伯爵様や侯爵様のようだ……と言ったら言い過ぎだが、少なくとも一介《いっかい》の平民にはとても思えない。

「ど、ど、ど、どうされたんです？」

「吃驚！　吃驚しました。いつもと違い過ぎですよ」

「似合わないかぁ……」

苦笑いで己の体を見下ろすベンに、カラとノラは全力で首を横に振った。

「似合っているのです！」

「カッコ良いのですよ！」

見慣れない姿ゆえの違和感は拭《ぬぐ》えないが、いつもの五割増しくらいカッコ良く見えるのも事実だ。

しかし、双子の気合いの入った肯定《こうてい》に、ベンは力なく笑んだ。

「いや、いいんだ。自分、こういう格好が似合わないのは十分承知している。なのに女王陛下の厩舎《きゅうしゃ》の御者が品のない格好をするなと、厩舎長達に服をひん剝《む》かれてな……痛っ‼」

溜息を吐いて猫背になるベンの背中を、背後からやってきたシドニーが手にした分厚い本で勢いよく叩いた。

「さっさと……行く」

元（略）殿下と同程度に愛想が悪いのがデフォルトにしろ、実は調理器具を勝手に扱わない限りシドニーの機嫌が本格的に悪くなることはない。

カラ達の前で大声で笑ったり泣いたりしないし——これは大人だから当然かもしれないけれど——怒鳴り散らすようなこともない。

感情の振り幅《はば》がとても小さいのが、良くも悪くもシドニーなのだ。

が、今この瞬間のシドニーは眉間《みけん》にくっきりしっかり二本皺《しわ》を刻んで口角も下げていて、歩き方さえも荒々しい。

厨房《ちゅうぼう》以外の場所で……つまりは料理に関係していないと思われることで、こんな不機嫌になっているシドニーは初めて見たと、カラもノラもベンも目を丸くした。

「殿下の所……行く。用事……済ませる。屋敷……帰る」

一度にこんなにたくさん話したシドニーも、カラ達の記憶にない。

が、賢明な三人は口には何も出さず、シドニーの後ろについて元（略）殿下の執務室へと向かった。

現れたアンがシドニーの肩を軽く叩いた。
奥宮殿内に入り、王太孫殿下の執務室に向かって階段を上ろうとしたところで、どこからともなく

「アン……様……？」

「――」

シドニーの問いかけに、相変わらず男装の、と言うか従者風の格好をした近未来の王太孫妃殿下は自身の唇の前に人差し指を立てて、口を開かないようにと仕草で命じた。

それから、アンは無言で身を翻《ひるがえ》す。

肩越しにこちらをちらりと見遣ったのは、ついてくるようにという仕草らしい。

――アン様は、凄いのですよ……。

後ろをついて歩きながら、カラは改めて感じ入った。

アンが有能な執事で優秀な従僕で比類なき従者なのは、十分知っていると思っていた。

けれど、王宮内をただ歩くだけでも、アンが従者として非常に優れていることがよく解る。

元（略）殿下と張るくらいの美貌の主なのにアンは己を目立たせないコツを知っていて、行き交う貴族や使用人達に王太孫殿下の婚約者の姫だとまったく気づかれないまま歩いていく。

いくら従者の格好をしているからと言って、ここまで空気になれる人はそういないと思う。

むしろ着古した服で歩いているカラ達のほうが、まだ通りすがりの人達の気を引いたくらいだ。

さて、廊下の途中で、アンはある部屋の扉を開き、四人を招き入れた。

(喋《しゃべ》らないで下さいね。物音も立てないように、注意して下さい)

無声音でアンは言うと、壁の本棚を動かし、隠し階段へと四人を導いた。

階段を上った所は薄暗い部屋だった。

隣の部屋との境と思われる奥の壁には、なぜか六枚の大きなガラスが嵌《は》まっていて、ほぼその壁一面がガラス窓である。

その窓の傍まで忍び歩いたアンが手招いたので、四人もそろりと窓に寄る。

——ご主人様……じゃなかった、王太孫殿下の執務室……?

窓の向こうには、今朝、四人が訪れた元(略)殿下の豪華な執務室があった。

そして、元(略)殿下と三人の大人が執務机を挟んで対峙《たいじ》しているのが見えた。

殿下のほうは椅子に腰掛けているが、三人の大人は立っている。

身分差からはそうすべきなのかもしれないが、殿下の二倍以上生きていそうな大人が姿勢も正しく立っている姿に、カラはなんだか違和感を覚える。

アンに手振りで窓の傍に置かれた長椅子に座るように示されて、四人は向こうを気にしつつも、ともかく座る。

ガラス窓と長椅子の間には厚手の布がかけられた小さなテーブルがあり、指貫《ゆびぬき》大の砂糖菓子が木皿にたくさん積まれていた。

それから木製のカップに入った紅茶も、きっちり人数分。

不自然なほど厚いテーブルクロスや木製の皿やカップは、カップを持ち上げたり動かしたりした時に、音がしないようにという配慮《はいりょ》のようだった。

お腹が空いていたカラが目顔でアンに問うと頷いてくれたので、遠慮なく砂糖菓子を口に頬ばる。

口の中であっという間に溶けたお菓子は、とても甘くて美味しい。

「へっ、えぇぇぇ――――！」

と、その時、ガラス窓の向こうで、元（略）殿下が、例の口癖を発せられた。

吃驚してカラは、怯えた顔でガラス窓の向こうの元（略）殿下を見遣った。

が、どうもカラがお菓子を食べたことに対する反応ではなかったようだ。

元（略）殿下はカラ達の方ではなく、三人の大人達の顔を順繰りに見ている。

そもそも向こうの様子はよく見えるのに、隣の部屋の中にいる人達は、元（略）殿下をはじめこちらに気づいた様子がないのが不思議だ。

「あ！」

何かに気づいたのかシドニーが声をあげたが、アンが大急ぎで口を塞《ふさ》いだので、それ以上の声は外に漏れなかった。

そして、改めてアンが四人に対して口を開くなという仕草をする。

カラ達が物音最小限ながらそんなやりとりをしていると、ガラス窓の向こうでは元（略）殿下が大きな執務机に両肘《りょうひじ》をつき組んだ手の上に顎を載せて薄く笑った。

その顔はあんな感じの悪い口癖を発していても、相変わらずカラがぽかんと見惚れてしまうほど麗《うるわ》しい。

「僕がローズベリー青伯爵家から連れてきた四人は、四人とも君達の役には立たなかったんだ？」

「「「「！」」」」

カラはもちろんノラもベンもシドニーも、体を強張《こわば》らせた。

今日一日、慣れぬ職場で仕事をしてきた四人だが、カラとノラが精一杯指示された仕事をこなしてきたように、ベン達だってそれぞれの職場でちゃんと働いてきたはずである。

——カラもノラも、一生懸命指示されたお仕事をしたのですよ！

役に立たなかったと言われるのは、心外だ。

「失礼ながら王太孫殿下におかれましては、あたくし達王宮付き服飾師の技術水準を、正確にはご理解頂《いただ》けていないのではないかと」

元（略）殿下に対峙している三人のうち、最初に口火を切ったのは痩《や》せた五十がらみの女性だ。

よくよく見れば、彼女は今日、カラとノラが案内された王宮付き服飾師達の作業部屋で、二人を実の孫のように優しく迎えてくれた服飾師長である。

しかし、今この瞬間の服飾師長の表情は、別人かと思うほどに険《けわ》しかった。

「あんな子供に、殿下方の婚礼衣装を任せるなど！」

「！」

「！」

カラとノラは驚愕《きょうがく》し顔を見合わせ、次にアンのほうを振り返った。

アンはニコニコと二人に頷く。

――アン様とご主人様……じゃなかった王太孫殿下の婚礼衣装を、カラ達が⁉

夢じゃないかしらとカラが自分の頬をつねっていると、窓の向こうでは服飾師長がつんと尖《とが》った顎を逸《そ》らし、金縁眼鏡《きんぶちめがね》の位置を直した。

「そこらのお屋敷で多少針仕事ができたからと言って、あたくし達服飾師と同等の仕事ができるとは思わないで下さいませ。裾をかがることでさえ、上等の絹と安物の綿では針の使い方が異なるのです。あたくしに言わせれば、あの子達はまがいものお針子です！」

――まがいもの。

喜びに膨《ふく》らんでいたカラの気持ちが、服飾師長の言葉にしゅんと冷える。

「――では、今日はノラやカラ達には何を？」

「使用人達の食堂で使うテーブルクロスやナプキンを。……ええ、縫い目はまがいもののお針子にしては綺麗にできておりました。ですが、所詮《しょせん》はテーブルクロスとナプキンでございます。複雑な作業ではございません」

「へっ、えええ――――。じゃあ、僕がノラ達に約束した三ヵ月、ずっとテーブルクロスとナプキンを縫わせるんだ？　僕に言わせれば、それはノラとカラの無駄遣《づか》いに思えるけれどね」

「ナプキンを作るのも王宮の大事な仕事でございます。それに、あの子達も簡単な仕事で分不相応なほどのお給金が頂けるのですから満足でございましょう」

服飾師長の言葉に、カラもノラもお互いの顔を見合って唇を噛み締めた。

王宮付き服飾師達の作業部屋には、女王陛下をはじめ王族や高い身分の方々の作りかけの服がたくさんあって。

最初にナプキンやテーブルクロスの縁《ふち》をかがる仕事を任されたカラ達であったが、与えられた仕事が一段落ついたら、次は服作りを手伝わせてもらえるだろうと勝手に思っていた。

――ナプキンやテーブルクロスを縫うのは楽しいのです。楽しいのですけれど。

カラは縫い物は何でも好きだ。

けれど、四角い布の縁をひたすらかがっていく作業は、単純過ぎてカラには少々物足りない。

何よりも。

――カラは！　カラはご主人様の上着とかアン様のドレスとか、ちょっぴりでも手伝いたかったのですよ……。


〝偽物の青い薔薇を持った偽者の王様には、王宮の門は絶対に開かないんだよ〟

偽物ばかりの前の館で、奥様が言っていた言葉が耳元に蘇《よみがえ》る。

――カラ達、まがいもののお針子だから、アン様達の衣装、手伝えないのかなぁ……？

「ベンのほうは？　僕から見たら、ベンの馬車や馬を操る能力は、かなり高いと思っていたけどね、厩舎長？」

カラが沈《しず》んでいるのに気づいた様子もなく、元（略）殿下は、服飾師長の隣の人物に話を振った。

「さようでございますねッ。兵士として馬を操ったり、辻《つじ》馬車の御者として手綱《たづな》を取ったりする分には、まったく問題ございませんッ」

鼻にかかった気取った物言いで、厩舎長と呼ばれた痩せた男が応える。

男性にしては肌が白過ぎて唇が赤過ぎて、ちょっと奇妙な印象を与える人だ。

おまけに手に持った鞭《むち》を折ったり伸ばしたりしながら話す仕草がいかにも癇性《かんしょう》っぽく、カラはできればお近づきになりたくない。

「ですが、王家の皆様が外出なさる時にお乗りになる馬車の手綱を取る御者は、ただ上手《じょうず》に馬や馬車が操れれば良いというものではございませんッ！　陛下方に恥《はじ》をかかせないような品とッ！　格がッ！　必要なのでございますッ！」

「へっ、えええ？」

品格の欠片《かけら》もない王太孫殿下の相槌《あいづち》に、「実に嘆《なげ》かわしいッ！」と心の叫びが聞こえるような表情をした厩舎長は、気を静めるためか右手に持った鞭を左手に巻き付けた。

その仕草が品格に溢れるものかは、カラにはとても判断できなかったが。

「そもそも女王陛下の厩舎で御者の職位を頂けるのは、白男爵以上の名家の子弟に限られておりますッ。それは高い教養と品性を養った、見目麗しい人物でなければ、陛下や殿下の御者は務まらないからでございますッ」

カラ達は知らなかったが厩舎長はウォリック白伯爵の弟で、なよっとした外見に反し、立派な軍功もある白竜王国《アングル》陸軍大佐であった。

「ベン・ウォナーは顔立ちそのものはまあ悪くはないですが、いかにも兵卒あがりでございますッ！と言わんばかりのあの、がさつな立ち居振る舞いッ！　嘆《なげ》かわしいほどセンスの欠片もない服装ッ！我が女王陛下の厩舎に立ち入らせるのも躊躇《ためら》われるものでございましたッ！」

教養も品性もないと、人格丸ごと否定されたも同然のベンは、カラの隣で頭を抱《かか》えた。

「殿下がどうしてもッ！　式後の港までの道行きにあの男を御者として使うと仰るのであればッ！」

「へ？」

厩舎長の言葉にベンは俯いていた顔を上げ、先ほどのカラ達と同じようにアンを振り返った。

アンがニコニコして頷きながらも、声を出さないようにと改めて自身の唇に指をやった。

ベンは己の口を押さえ、無言で頷いた。

どうもこのガラス窓はカラ達の部屋からは向こうの様子が見えるが、あちらからはカラ達が見えないのではないかと思われる。

ベンが不用意に発した声は、あちらには聞こえなかったのか、厩舎長はそのまま話を続けた。

「ワタクシは徹底《てってい》してあの男に品と優雅さを叩き込ませて頂きますッ！」

一々語尾に力が入る厩舎長は、前のめりになって机を拳で叩かんばかりの勢いで宣言する。

「ですが、殿下ッ！　三ヵ月後、ワタクシが合格点を出す水準まで、あの男の立ち居振る舞いが洗練されなければッ！　婚礼の日の御者は、ワタクシが推挙《すいきょ》した者に務めさせますッ！　ええ、厩舎長として、光竜連合王国の品位を穢《けが》すような者に、殿下の大事な日の御者を務めさせるわけには参りませんッ！　これはワタクシの職責でございますッッ‼」

「……解った」

あの元（略）殿下でさえ、厩舎長の迫力にはやや退かれたようで、珍しく素直に頷かれた。

そして、今度はその隣に立つ恰幅《かっぷく》の良い老人に視線を向けた。

「シドニーの料理は極上品だと思うが、王宮の厨房では役に立たなかったのか？」

「はい、使い物になりませんでした」

老人は即座に答える。

「！」

ノラの隣でシドニーがムッと固まった。

「へっ、えぇぇぇ――。こう言ってはなんだけど、僕には総料理長が作る料理より、シドニーの料理のほうが美味しく感じる。僕の舌がおかしいのかな？」

明らかにケンカを売りに出た元（略）殿下に対し、総料理長はにこやかに――ただし、その瞳は笑っていない――応じた。

「いえいえ、殿下の味覚は正しいですよ。シドニー・カレームの腕前は私とは比べものにもなりません。彼は、本物の天才です」

「――なのに使い物にならないとは？」

「客がどんなに多くても十人足らずの小さな屋敷の料理人なら、彼は最高の料理人になれますでしょう。しかし、何百人、時には千人分もの料理を作る必要があるこの宮殿では、彼は無能な役立たずです。いかに彼が天才でも、数時間で何百人分もの料理を一人で仕上げるのは無理ですから」

「別に一人で作らなくても、王宮には料理人は一ダースや二ダースいるだろう？」

「はい。王宮の厨房には拙《せつ》をはじめ料理人三十名余りが常勤し、女王陛下と陛下のご家族様、ご来賓《らいひん》の方々への料理を承《うけたまわ》っております」

「なら、あんたや配下の料理人が手伝ってやれば、シドニーだって数時間で千人分の料理を作れるんじゃないの？」

「いいえ、彼にはできません」

口元だけの微笑《ほほえ》みを浮かべたまま、総料理長はにべもなく言った。

「なぜ？」

「今日の陛下と殿下の午餐《ごさん》の魚料理を彼に任せてみました。すると、拙が手伝いにとつけた二名の料理人に何の指示も出さず、彼は自分一人で料理をしました。今日は陛下方と午餐を召《め》し上《あ》がる方がケント白公爵夫人と数名の官僚だけでしたから、彼一人でもなんとか間に合いましたが、あと一人でも人数が増えていたら、彼は適切なタイミングで料理を出せなかったでしょう」

総料理長の言葉に元（略）殿下は難しい顔をして黙り込まれた。それから。

「……確かにシドニーはローズベリー青伯爵家のたった一人の料理人だから、人を使って料理をすることに慣れていない。だが、結局、それは慣れの問題じゃないのか？　そして、シドニーなら慣れるのに三ヵ月あれば十分だと僕は思う」

カラの視界の端で、シドニーの背筋が伸びた。

元（略）殿下のシドニーの才能に対する信頼の厚さが垣間見《かいまみ》えた言葉に、カラもほっこりする。

「慣れればいいと言うには、もう一つ、彼には問題があるのです。彼は連合王国語が堪能《たんのう》ではない。料理は繊細《せんさい》な作業です。彼が作った料理と同じ物を他の料理人に作らせようとする時、どういう下拵えをし、どの程度の火加減で、どのくらいの時間、どのように調理するのか。そのような細かな事柄《ことがら》を彼は皆に伝えねばなりません。しかし、それをやるには、彼の連合王国語能力は低過ぎるのです」

総料理長の言葉に、シドニーはショックを受けたようだった。

先刻とは打って変わって俯き、膝の上に置かれていた手の指が白くなるほど、己の膝を握り締めている姿を見て、カラも胸を痛める。

「リーダーが的確な指示を出せなければ、三十人の料理人はそれぞれ勝手に料理を作り、均一の料理を提供することができなくなります。偉大なる女王陛下の世界随一と言われるこの王宮の晩餐会で、見た目も味もバラバラの料理が供給されるなど、許されません。国辱《こくじょく》ものです。殿下はご自身の婚礼披露の晩餐会を彼に仕切らせようとのお考えでいらっしゃいますが、女王陛下の総料理長として断固反対致《いた》します」

「……では、総料理長は、シドニーにこの三ヵ月、何をさせる？」

「彼の故郷であるガリアで出版された料理本の翻訳を。今日は午後いっぱいそちらの作業をさせていましたが、なかなか捗らなかったようで」

カラはノラの隣に座るシドニーの顔を仰《あお》ぎ見《み》る。

シドニーは口の両端を下げ、眉間に皺を寄せたままだ。

――カラ達は一日曲がりなりにも針仕事をしてきましたけど、シドニーさんは午後からずっと料理ではなく、翻訳をしてたんです？

夕方再会してからずっとシドニーの機嫌が悪いのはそういう理由からかと納得する。

「あの本を翻訳するだけで三ヵ月は終わりますでしょう。そして、本を一冊でも翻訳すれば、彼の連合王国語能力も今よりマシになるでしょうし、拙ら王宮料理人達もガリア料理の知識が上がり、お互いに損はありますまい」

総料理長は自分が飛びきり良い考えを出したと自画自賛している口調で言った。

「……あのぅ、アン様、これはいったい……」

服飾師長達が元（略）殿下の部屋を出て行くなり、ベンがアンに質問すると。

「ええ、本当は、今日は皆さんと服飾師長達がかち合う予定はなかったのですが」

と、アンは困ったように眉尻《まゆじり》を下げた。

あの三人が元（略）殿下の所にやってくるのは想定外だったらしく、急遽《きゅうきょ》この部屋でカラ達を待たせることになったとか。

「いえ、自分が伺いたいのは、その……自分にアン様方の婚礼の日の御者を任されるという話のほうです。ノラ達やシドニーにも、役割が与えられるようですが、今朝《けさ》の殿下の話とは、ずいぶん違いますよね」

　借金返済の話はどこに行ったのか。

「ああ、その話でしたか。皆さんが裁判の時に庇《かば》ってくれたことを、ご主人様はとても嬉しく思われたのです」

　彼女は例のごとく、元（略）殿下の心情を一から解説してくれた。

「ですから、ベンやシドニー、それからノラとカラの夢を叶えて下さろうとなさいまして」

「夢、でありますか……？」

　ベンが首を傾げる。

「以前〈聖ブリードの日〉の贈り物は何がいいかと、ご主人様が皆さんに問われたことがありましたでしょう？」

　アンの言葉に、カラはその日の出来事を思い出した。

　ちなみに〈聖ブリードの日〉というのは、ご主人様が使用人達の日頃の働きを労《いたわ》り、贈り物をする日のことである。

　当時ローズベリー青伯爵を名乗っていらっしゃったアッシュ・ティンカー・オブ・アングル王太孫殿下は、カラ達使用人一人一人に欲しいものは何かと尋ねて下さったのである。

「あの時、ベンはご主人様みたいに見栄えの良い方を乗せて、歴史あるローズベリー青伯爵家の紋章が入った粋《いき》な最新型の馬車と、王族の方々が所持されているような最上の駿馬《しゅんめ》を駆りたいと言ってたじゃないですか。ですから、その……ご主人様と私の結婚式のあと」

と、アンは照れているのか、少し言いにくそうに言葉を詰まらせた。

そこは〈ご主人様〉でいいのです？　――と、やっぱりカラは疑問に思う。

「式のあとは、ご主人様と私はすぐに緑竜王国《エリン》へ向かうと決まっているのです。教会から港まで中央王都《ロンディニウム》の目抜き通りを最新型の無蓋《むがい》馬車で移動する計画なので、その御者を務めればベンの夢が叶いますでしょう？　ローズベリー青伯爵家ではなく、光竜連合王国の紋章が入った馬車ですけれど、紋章のカッコ良さに遜色《そんしょく》はないかと」

連合王国王家の紋章とローズベリー青伯爵家の紋章を同格に語るのは、アン様くらいなのであります――とは、後日のベンの台詞だ。

それはともかく、容貌は非の打ち所がないわ、ご身分は次代の国王夫妻だわな高貴過ぎる花嫁《はなよめ》と花婿を乗せた最新型の馬車を、国一番の馬達が引くのを操るなんて、ベンの御者人生の中で一世一代の晴れの舞台となろうことは、カラでも理解できた。

――良かったのですよ、本当に……！

「シドニーは最高級の調理器具で、ご主人様の晩餐会を仕切りたいと言ってましたよね？」

「……少し、違う。ノルマンの最高級の鍋《なべ》一式に、バンツァの包丁、ヤポンの砥石《といし》が……欲しいと……だけ」

「それは、ご主人様の正式な晩餐会で最高の料理を出すために、でしたよね？」

ニコニコとアンから指摘されて、シドニーはムッとした顔で天井《てんじょう》を見上げた。

今日は本当に機嫌が悪いらしい。

そんなシドニーを気にする風もなく、アンは式のあとはすぐに緑竜王国へ旅立つため、その前日に婚礼披露の晩餐会が催《もよお》されると言う話をなさる。

そして、元（略）殿下とアンはその晩餐会の料理を、シドニーに任せたいと総料理長に相談されたのだと。

これまたそれが叶えば、シドニーにとっては最高の食材と最高の調理器具で思う存分腕が振るえる夢のように幸せな一日になるだろう。

「それから、ノラとカラはご主人様の服を作りたいと」

水を向けられたカラは、勇気を振り絞《しぼ》った。

「カラ達！　カラ達は、ご主人様……」

アンにつられて以前と同じように〈ご主人様〉と言いかけて、カラは「違うのです」と言い直した。

もう件の方は、カラの〈ご主人様〉ではない。

もっと尊い方になってしまわれた。

「王太孫殿下とアン様のご婚礼衣装、カラ達、ほんのちょっぴりでも手伝いたいのです！」

「ノ、ノ、ノラ達、服飾師長や他の服飾師さん達より針が使えないってこと、ないと思うのです！　だって、ノラもカラも、前のお屋敷で本当にたくさんドレス、縫ってきたのですから！　それに、ノラもカラもオリーブ様やリアノン様のドレスを作ったこともありますもの」

カラの言葉に、ノラも熱心に言い添える。

「王太孫殿下や王太孫妃殿下の衣装は、カラ達が今まで作った物と違うかもしれないのです。でも、カラにだって！」

喉に涙が絡んで、カラは言葉を詰まらせた。

――まがいもののお針子。

偽物ばかりのお屋敷で裁縫を覚えた自分は、服飾師長の言う通りまがいもののお針子かもしれない。

けれども。

「カラにだって、アン様のドレスの裾をかがることくらいは、できるのです！　カラは、ちょっぴりでも手伝いたいのですよ！」

きっとこの三ヵ月が過ぎたら、ただのメイドに過ぎないカラには、アンも殿下も遠過ぎる人になってしまうから。

こんな風に直接お話しする機会なんて、もう持てなくなるだろうから。

――カラ達は！　カラ達はアン様達のお祝いをしたいのですよ……！


「ちょっぴりじゃなくて、全部」

不機嫌そうな声がガラス窓の向こうからかかった。

吃驚して振り返ると、六枚のガラスが入った窓だと思っていた所は、少なくともその一枚はガラスの扉だったらしい。

元（略）殿下は、その扉を開けて部屋に入ってくると、例のごとく飛びきり不機嫌な顔で腕組みをしてカラ達を順繰りに見詰め、鼻を鳴らされた。

「カラとノラの腕前なら、あの婆ァを黙らせることは間違いないと思ったのに、ナプキンしか縫わせないとか、ふざけやがって」

——ご主人様？

カラはすっかり驚いて、怖い元（略）殿下の怒りに満ちた顔を二度見してしまった。

カラは自分のような一介《いっかい》のメイドのために、連合王国の王太孫殿下ともあろう方が本気で服飾師長に腹を立てているとは思いもしなかった。

「ナプキンごときじゃ、二人の腕前の凄さなんて十分の一も解らないに決まってる！」

「ご、ご主人様」

元（略）殿下が例のごとく毒舌を発揮《はっき》すると、アンが袖を引っ張る。

「ぁ？」

「お気持ちは解りますが、服飾師長を、そんな風に仰るのはよろしくないかと」

アンの極々《ごくごく》常識的な指摘に、元（略）殿下は半眼になられた。

「へっ、えぇえぇ——。僕はあんたが、僕をご主人様と呼ぶのは、もっとよろしくないと思うんですが？」

「あ！」

婚約者である王太孫殿下からのある意味真っ当な指摘に、アンはワタワタと頭を下げる。

「はい！　失礼しました！　も、申し訳ございません、殿下」

――えっと、えっと……。

カラはノラの顔を見、ノラはベンを見上げ、ベンはシドニーを見、シドニーは壁を見た。

二人のやりとりに、何かこの場にいていいのかという気持ちになってしまう。

アン様もアン様だけど、殿下も殿下と言うか……と、ベンがあとからぼやいていた。

まだまだ男女の機微《きび》に疎《うと》いお子様なカラでも、相思相愛の婚約直後の恋人同士の会話として、二人とも言葉遣いその他色々間違っているように思える。

――殿下も殿下な気がしなくもないのです。でも、カラはアン様のほうがちょっとだけ、より悪いような気がするのですよ？

なんだか元（略）殿下が、怒っているというより拗《す》ねているように見えるのはカラの思い過ごしか。

「ともかく、明日、あんたはノラとカラと一緒に服飾師の作業部屋に行って、まずは一着なんでもいいからあんたのドレスをカラ達に縫ってもらえ。あんたがいれば服飾師長もノラ達にナプキンしか縫わせないなんてことはできないだろうし、できあがったドレスを見れば服飾師長も黙るだろうし」

――アン様のドレス！

この瞬間、もしもカラが犬だったら両耳と尻尾がピンっと立ったに違いない。

――なんでも！　なんでもいいなら、空色とか若葉色とかたんぽぽ色とか、色んな色から選んでいいんですよねっ⁉

婚礼衣装は、もちろん作りたい。

伝統的な婚礼衣装である真っ白なドレスは、アンの赤みがかった金髪や蜂蜜色《はちみついろ》の瞳にとても映《は》えてよく似合うと思う。

――でも！　でも、空色だって素敵なのですよ。若葉色もアン様にはきっと似合うし、たんぽぽ色も、それから、それから……。

カラの頭の中はすぐにアンのためのドレスで一杯になっていく。

「ですが、そうなりますと、殿下のお仕事の手伝いが」

「服飾師長を黙らせるのが最優先。ってか、そもそもあんた、いつまでその格好でいる気だよ？　まさか、結婚式当日まで男装しているつもりか？」

言われて、アンの目が泳ぐ。

――えっと。えっと、アン様……？

何とも言えない沈黙が、二人の高貴な恋人同士と、四人の使用人の間に落ちた。

長い長い沈黙のあと、場の六人の中で一番偉い人である元（略）殿下がこめかみを押さえながら口を開いた。

「――今のあんたは」

「執事のジョージ・ハワードでも、従者のピーターでも、従僕のアンジーでもなく！　この僕、連合王国の王太孫の婚約者たるアンジェリカ・ローズベリー青伯爵令嬢だって、解ってますかぁああ――――!?」

とうとう朝から我慢していらしたイライラが爆発したようで、カラはノラと二人揃って肩を竦め合った。

ベンとシドニーも、所在なげな顔をして部屋の壁を一心不乱に見ている。

「は、はい。解ってはいるのですが、そのぅ、私は、実は、あのぅ……ドレスが、……苦手……？」

いつもテキパキと感じよく話すアンが何やら言葉を濁《にご》す姿に、カラは新鮮なものを覚えた。

カラにとってアンは何でもできる人だったから、苦手なものが存在していたとは驚きである。

「ぁ？　それって、着たことがないだけじゃないんですかぁ？　それとも、着方が解らないとか、そーゆー話だったりするんですか、もしかして⁉」

さすが伊達《だて》に婚約者になっていないと言うか、元（略）殿下のツッコミは剃刀《かみそり》のように鋭い。

「あ、いえ。着方はオリーブ様の」

「オリーブの！」

執事時代と変わらず敬称を付けて従妹叔母《いとこおば》を呼ぼうとするアンに、イライラとした口調で元（略）殿下は指摘される。

「あ、はい。オリーブの着付けを手伝ったことがありますので、着方は存じ上げています。……その、仰る通り自分が身につけたことがないだけです」

「だったら、苦手じゃなくて慣れてないと言うべきじゃないんですかぁ？　って言うか、苦手と言われても王太孫妃殿下が結婚式に男装するなんてありえないし！　緑竜王国での大公戴冠式《たいかんしき》とか、ずっと先とは言え僕の国王戴冠式の時とか、あんた、まさか横で従者だか執事だかの格好をしているつもりとか」

「あ！　いえ、そんな！」

さすがにアンも王太孫妃殿下とか大公妃殿下とか王后陛下とか呼ばれる高貴な女性が公の場で男装するのは常識的にも礼儀的にもありえないと解ってはいたようで、真っ青になって元（略）殿下の言葉を遮った。

「そんなことをしようとは、けして……。けして、思ってはいないのですが、ただ、あの、色々と、急に決まりまして……」

ずっと男性として生きてきて。

女性であることが公になったのも、この美貌の王太孫殿下の婚約者になったのもたった七日前だ。

何もかもが急過ぎてアンが戸惑っているのは、カラも理解できる。

……しかし。

「だから、苦手とか言っている場合ではないんじゃないんですかぁああ？」

それでも結婚式がわずか三ヵ月後に迫っていれば、元（略）殿下がそう怒るのも解る話で。

「……カラ、ノラ」

「「はいっ！」」

疲れた声で名前を呼ばれ、二人は声を合わせて返事をした。

「アンのドレスのことは、一切任せる。服飾師長と相談して……ああ、あのクソ婆ぁが協力するわけないか。ちゃんと話を通しておくから、ケント白公爵夫人に王族のドレスの仕来《しきた》りを聞いて、ともかく当分の間、王太孫妃として必要そうな物は全部作ってくれないか？」

「「はいっ‼」」

カラ達が満面の笑みで元気良く返事をすると、元（略）殿下は目に見えて表情が柔らかくなった。

「三ヵ月でアンのドレスを十着は作らないといけないだろうし、それに婚礼衣装ともなると大変だと思うが、頼む」

「殿下……」

連合王国の社交界で傲岸不遜《ごうがんふそん》が服を着て歩いていると言われて久しい元（略）殿下に、優しい表情で「頼む」などと言われて、カラもノラも目がうるっとしてきた。

「カラ達、ドレスを作るのは楽しいことだから、ぜんぜん苦じゃないのですよ！」

「ノラ達、アン様が大好きですから、ドレスが作れて嬉しいのです！」

二人が声を揃えて言うと、元（略）殿下も頷かれる。

「うん。――あの、服飾師長を黙らせてくれたら、いつかの約束通り僕もカラ達の等身大の着せ替え人形になってやる」

「「え？」」

カラ達は瞬《しばた》いた。

思わず目の前の高貴で秀麗な顔立ちで、なのに残念なほどに口が悪い王太孫殿下の顔を二度見する。

「だから！」

和《なご》ませていた口元が再び下がる。

「……結婚式には、花嫁の衣装だけでなく、花婿の衣装だって必要だろう？」

ぷいと不機嫌そうに横を向かれて言われた。

が、その頬が微かに赤くなっているのを見て、カラはノラとお互いの手をぎゅうぎゅうと握り合った。

「「はいっ‼」」

さっきよりさらに大きな声でカラ達が言うと、横でベンがわざとらしい咳払《せきばら》いを一つ入れて。

「では、自分はあの厩舎長のしごきに耐えて耐えて耐えて、殿下方の婚礼の日の御者になる権利をもぎ取ってくるのであります」

軍人っぽい敬礼をして明るく言うと、ベンはシドニーを肘《ひじ》でつついた。

「料理は……ガリアの、宮廷料理が……一番」

ところが、シドニーはムッとした顔のまま空気を読まない発言をした。

「料理に関すること……ガリア語で……語る……正しい」

「シドニーっ⁉」

「おい、シドニー、皆で殿下の婚礼を祝おうじゃないか！」

「シドニーっ！」

カラとベン、それにノラがシドニーの周りでそれぞれ彼の服を引っ張り、嘆願《たんがん》する。

振り返ればアンもおろおろとした表情になっているし、殿下も眉間に皺を刻まれている。

「ずっと……そう……思っていた。でも……殿下達は……俺の料理で……祝う。絶対」

――あ……。

カラは張り詰めていた息を解《ほど》いた。

シドニーは持っていた分厚い本を、腰のあたりに貼り付くカラの頭の上で振った。

「頼まれた……翻訳……さっさと……終わらせる。連立王国語……死ぬ気で……覚える。ベン、カラ、ノラ……助けてくれ」

「もちろん！」

「カラ達でできることは、何でも手伝うのですよ！」

「ノラもなんです！」

ベンに肩を叩かれ、両脇からカラとノラに服を引っ張られたシドニーは、どういう顔をしていいか解らないといった感じの表情で仲間達に頷いた。

それから、四人で改めてアンと元（略）殿下のほうを向く。

「アッシュ殿下、それからアン様。今さらですが、ご婚約おめでとうございます」

最年長のベンが改まった口調で言い、カラ達はベンに従って頭を深々と下げた。

「……あぁ」

「ありがとうございます、ベン、シドニー、ノラ、カラ」

素《そ》っ気《け》ない殿下の分までアンの愛想が良いのは、いつものことだ。

――三ヵ月後。

アンも元（略）殿下も、中央王都を離れられる。

海の向こうの小竜島《リトル・ウィルム》にある緑竜王国で女王陛下の代理として彼《か》の地を治められるそうだ。

――王宮も遠いけど、小竜島はもっと遠いのですよ……。

頑張ってお金を貯めたら、船賃を出せるだろうか。

単なるメイドのカラが訪ねていって、アンは逢ってくれるだろうか。

——アン様は、それからご主人様も、きっとカラ達を忘れたりしないのですよ。

それは自惚《うぬぼ》れでなく、アンや元（略）殿下の性格上、絶対に忘れないでいてくれるとカラは断言できた。

けれども、緑竜王国の王宮をカラのような子供が訪ねても、取り次いでももらえずに門番から追い返されるだろう。


〝偽物の青い薔薇を持った偽者の王様には、王宮の門は絶対に開かないんだよ〟


カラの手に本物の青い薔薇はない。

カラは王様どころか本職の服飾師でもない、一介のメイドでまがいもののお針子だ。

カラごときのために、王宮の門は開かないだろう。

だから。

——だから、カラ達は、アン様達の婚礼衣装、しっかり作るのですよ。

二度と逢えなくても、カラ達がどんなにお二人を好きだったか解ってもらえるような素晴らしい衣装を。

そうカラは決意を固める。

「では、明日もありますので、自分達はこれで」

「ああ。じゃあ、明日からはそれぞれの職場に直接行くように」

「承知しました」

ベンに促されてカラもノラも部屋から出ようとする。

「――ところで、スコット・ローズベリー卿は三ヵ月間、あんた達を貸してくれるって話だったんだけど」

四人組の最後としてカラの体が半分廊下に出た時に、元（略）殿下は突然そんなことを言い出された。

「卿は、その期間が過ぎたら、あんた達が他へ移るための正式な紹介状を書いてもいいと言っていた」

連合王国では、使用人が他の屋敷に移ろうとする時、雇用主から紹介状を書いてもらうのが通例だ。

普通は使用人側から雇用主に願い出て書いてもらうものだが、不要な使用人を整理する際に、退職金代わりに事務的な紹介状を用意して使用人を追い出す雇用主もいるので。

「それは、まさか自分達を解雇なさ……？」

「そうじゃないです！」

ベン達が一斉《いっせい》に青くなったところで、アンが力一杯否定してくれた。

「ベンもシドニーもカラもノラも、ローズベリー青伯爵邸には欠かせない大事な人材です！　……でも」

アンが言葉を探していると。

「緑竜王国の、僕の王宮に料理人と御者とメイドが不足しているのではないかと、ナッシュが心配したんだ」

と、元（略）殿下がさりげない口調で言われた。

「それは……」

「あ、あ、あの」

「えっと、えっと……」

「つまり？」

カラ達が目をまん丸に見開いた上に息を飲んで次の言葉を待ち構えているので、元（略）殿下は、とても言い難そうな顔で、視線を明後日《あさって》の方向に据《す》えられる。

「……ローズベリー青伯爵家は以前とは違って豊かだし、貧困時代も逃げずに勤めたあんた達をスコット卿は高く評価している。僕が当主だった頃より、断然勤めやすい職場だ。あるいは、あんた達はこの三ヵ月、王宮で一財産稼ぐだろうから、それを元手に商売を始めることだって可能だろう。王太孫の婚礼に関与した実績があれば何か店を始めるにしろ、より良い条件の大貴族に仕えるにしろ、このまま女王陛下の王宮で働くにしろ、道は選び放題だ」

カラ達の期待に反する素っ気ない言葉を、元（略）殿下は口早に言われる。

それを困ったような顔で見て、アンが引き継いだ。

「ご主人様の仰るように皆さん、中央王都でもっといい条件の働き口がたくさんあると思うのです。それでも、緑竜王国へ一緒に来てもらえたら、私もご主人様も」

「カラは！」

アンにみなまで言わせず、カラは手を挙げた。

「カラは、アン様達と一緒に行くのですよ！」

「ノラもです！　ノラも、もちろん行きます！　アン様とご主人様……じゃなかった、王太孫殿下のメイドになれるのなら、どこへでも行くのです！」

「あー、あのー、殿下がもし自分を雇ってもいいと仰るのなら、ぜひ」

「行く……一緒に」

カラ達の言葉にアンは嬉しそうに、そして元（略）殿下はどこかホッとしたような顔で頷かれた。


……ちなみにまったくの余談だが、諸般の事情が積み重なって結局、アンが初めてドレスを着たのは婚礼の日の十日前だった。

その時、王宮の仕来り通りにデザインされた正式な晩餐会用のローブ・デコルテに「肌が露出《ろしゅつ》し過ぎだ！」と元（略）殿下が盛大に拗ねたのは、また別の話である。

もちろん、そのこととカラ達の裁縫の評価とはまったく無関係であった。

ベンの場合

〝お父様が言うには、わたしがあなたと結婚するのは、女王陛下がお求めの本物の青い薔薇《ばら》を咲かせることより難しいんですって〟

淡い金髪。淡い緑の瞳。華奢《きゃしゃ》な肢体《したい》。

エミリーはまるで水彩画の中の人物のように、見た目は淡く淡くどこか消えてしまいそうな雰囲気を持っていた。

だが、その淡く嫋《たお》やかな体の中に、いつだってエミリーはダイヤモンドみたいに強い意志を秘めていた。

〝わたしが白侯爵家の娘で、あなたが平民だから。でも、そんなことが理由なんて、おかしいと思わない、ベンジャミン？〟

瞳を星のようにキラキラ輝かせて、有無を言わせぬ口調でエミリーは言った。

〝だから、一緒に海を渡るのよ、わたし達〟

提案でもお願いでもなく、確定事項としてエミリーはベンに言い渡したのだ。

〝ガリアにはもう貴族も平民もないんですって。そこでなら、青い薔薇を咲かせなくても、わたし達、結婚できるわ〟

そう言ったのはエミリーだったのに、結局、遠く遠く……貴族も平民も何もない果てしなく遠い場所へ行ったのは、彼女一人だけだった。

「まあ」

この週末を中央王都《ロンディニウム》の郊外にある離宮で過ごされるグラディス女王陛下は、己《おのれ》のために用意された専用の馬車とその御者《ぎょしゃ》や従僕達を見て、片眉《かたまゆ》を上げられた。

「見違えましたよ。ベン……ベン・ウォナーだったかしら？　そなたが今日の御者？」

「さようでございます、陛下」

馬車を背にベンは、彼的には優雅な仕草でおっとりと一礼した。

自分ではかなり気を遣《つか》った返事と一礼だと思ったが、隣に立った厩舎長《きゅうしゃちょう》から放たれる「不合格ッ！」な視線を感じ、ベンは内心ガックリ項垂《うなだ》れた。

陛下に対しては、一礼時の頭を下げるスピード、角度、戻すタイミング等々、無駄じゃないのかと言いたいほど超細かい作法がある。

また、陛下への返答の言葉は言うまでもなく、発声や抑揚《よくよう》も逐一《ちくいち》厩舎長の厳《きび》しい採点項目になっている。

地方の出だが、十三歳で軍に入ったベンの言葉には、訛《なま》りや方言はほとんど残っていない。

しかしながら、どうにも貴族らしい抑揚――それが具体的にどういうものなのか、ベンの耳ではよく解らない――に欠けるようで、減点が付けられやすかった。

今回の「さようでございます、陛下」だけの返答も、発音か抑揚か何かで大きな減点があったのだろうと、横目で確認した厩舎長の厳しい表情からベンは察する。

全ての言動を貴族らしく優雅に上品にと言われても、貴族生まれではないせいか持って生まれた大ざっぱな性格のせいか、ベンには厩舎長からの合格点を貰《もら》うのはなかなか難しい。

しかし、二ヵ月後に迫った王太孫殿下の結婚式後、港までお二人を乗せた馬車を駆る御者に選ばれるためには、この厩舎長を満足させねばならない。

――ノラ達やシドニーがちゃんと婚礼衣装を縫《ぬ》ったり祝いの席の料理を拵《こしら》えたりしたのに、自分だけお二人の婚礼時に役割がないというのは、情けなさ過ぎるからなぁ……。

四人のうちでの最年長者としては、そういう最高にカッコ悪い事態はなんとしてでも避けたい。

「……」

ハッと気がつくと、まさか厩舎長と同じくベンを採点しているわけでもなかろうに、女王陛下はベンをじっと見詰めている。

あの王太孫殿下は――そして彼の婚約者の姫君も――おそらく知らないだろうが、実はベンは女王陛下とはかなり前から面識がある。

二十年以上前、戦場から大怪我を負いつつ書状を運んでいた伝令兵が、ベンが住んでいた村で力尽き斃《たお》れたことがあった。

その時、ベンは村長から伝令兵の代わりに書状を運ぶ仕事を任せられた。

当時のベンはまだ子供と言っていい年頃だったが、近隣でベン以上に馬を速く走らせる者がいなかったからだ。

また、文字もろくに読めない平民の子供なら、書状の中身を敵方に売ったりもできまいと村長は考えたようだ。

敵方に捕まった時は書状を燃やすようにと何度も言い含められて、ベンは王宮に向かった。

無事にベンが届けたその書状には、国の運命を左右するような重要な知らせが記されていたらしい。

しかも正規の伝令兵よりずっと早く運んだと、畏《おそ》れ多くも女王陛下から直接ベンは誉《ほ》められたのだ。

そして、それがベンの運命を変えた最初の出来事だった。

「ウォリック厩舎長」

女王陛下は厩舎長に向き直った。

「ハッ！」

「今日はそなたに御者を命じます」

「ハッ！　光栄でありますッ！　――ああ、それでは、ベン・ウォナー。君は」

「ベン・ウォナーは、車内で妾《わらわ》の話し相手を」

「ハッ！　……は？」

反射的に返事をしたあと、女王陛下の意外過ぎる言葉に厩舎長が瞬《しばたた》いた。

そのまま「なぜですかッ⁉」という疑問がダダ漏れした表情で、厩舎長はベンと女王陛下の顔を何度も見比べる。

——あ〜……。

厩舎長の気持ちは、ベンにも痛いほど解った。

落ち着けと、厩舎長の肩でも叩いてやりたい。

——まあ、動転しているのは自分もだけど。

「——何か問題でも？」

「何もッ！」

女王陛下の冷ややかな声に、またまた反射的な速さで厩舎長は応《こた》えた。

「……何も、何もございません、陛下ッ！」

「では、厩舎長、今日はいつもよりゆっくり馬車を走らせるよう」

女王陛下の背後の女官達と厩舎長の背後の従僕達がさらに戸惑った顔でお互いを見合っている。

そんな周囲にそしらぬ顔で女王陛下は女官達には後ろの馬車に乗るよう指示した。

そのため、さらにさらに周囲の戸惑いが強まり、ベンに「どういうことだ？」と問う視線が集中した。

「ベン・ウォナー」

「はっ」

大昔に女王陛下直属の騎士団にいたとは言え、この十七年ほどは貧しいと評判が高かったローズベリー青伯爵家の御者をしていた。

騎士団にいた時間より御者の時間のほうが長くなったせいか、はたまた貴族出身ではないせいか、ウォリック厩舎長のように小気味良い発音にはならない。

「ハッ」と「はぁ」の中間みたいな音になって、我ながら間抜けに聞こえた。

ともかく女王陛下に呼ばれ、周囲の不審かつ不穏な視線をいくつも浴びながら、ベンは陛下専用の馬車の座席に収まった。

なんと言っても女王陛下専用の馬車の座席なので、その座り心地はまず間違いなく御者台の百倍くらいは良いはずである。

が、閉ざされた空間の中でどうにも不機嫌そうな女王陛下の真向かいに座るなど、今のベンには石のベンチに座ったほうがまだマシな気がした。

「――そなたの顔を見るのは、ずいぶんと久しいの、ベ、ン、ジ、ャ、ミ、ン・ウ、ォ、レ、ス、中、尉」

馬車が動き出すと、女王陛下は女王としての威厳《いげん》に満ち満ちた口調でベンにそう切り出した。

「――その、……一年以上報告が途絶えておりましたこと、ベンジャミン・ウォレス、心からお詫《わ》び申し上げます」

二十年以上前、重要な書状を運んだ少年は、そのまま女王陛下直属の騎士団の伝令として召し上げられた。

それから最初の五年間は、女王陛下の手紙や言葉を預かり、光竜連合王国《グロリアス・ウィルムズ》中と言わず、海外の大陸の国々をも旅した。

治安の良い場所もあれば悪い場所もあった。

平穏な場所もあれば、戦場のど真ん中まで陛下の言葉を運んだりもした。

ベンはどんな所へ派遣《はけん》されても、他の誰よりも確実に、そして他の誰よりも早く陛下の言葉を運べる伝令として、平民出身の軍人としては異例の出世をした。

——そして、この十七年は。

「まったくじゃ。スコットが本当は生きていることも報告できないようでは、ローズベリー青伯爵家に何のためにそなたを派遣したのか」

十七年前、女王陛下のお気に入りの伝令ベンジャミン・ウォレス中尉ではなく、ただの兵士崩れの御者ベン・ウォナーとしてローズベリー青伯爵家に入った。

公的には王宮から追放されていたスコット・ローズベリー青伯爵と女王陛下の間の連絡役を務めるために。

「その件につきましては、スコット様から、陛下に報告しないようにと固く命じられました」

パチンと女王陛下は持っていた扇を閉じた。

その不機嫌そうな顔が王太孫殿下のデフォルトの表情にそっくりで、そんな場面ではないのに祖母と孫の似通い具合にベンは笑いたくなった。

「そなたはあくまで妾の伝令であり、スコットの使用人ではないぞ」

「……承知しております」

改めて念を押されて、そう言えば正式に連絡役の任を解かれていなかったと、今さらながら気がつく。

「しかしながら、あの事故は陛下の〈青い薔薇〉たるプリムローズ様が、様々な行き違いからスコット様を恨《うら》み、トマス様と結託《けったく》されたことに端《たん》を発していました。トマス様はプリムローズ様の母君が陛下であることに気づかれ、プリムローズ様を利用し、自身の地位や立場を上げようと考えられたようで。それでスコット様と言い争いになり、結果的にあの事故が起こり、亡くなったのはトマス様ご自身と執事のハワードでした。が、ようやく生存が確認できたプリムローズ様がスコット様を憎《にく》まれるあまり、今度こそ己《おのれ》を殺害しようとなさるのではないかと危惧《きぐ》され、自身が既に亡《な》くなったと公表するのが一番だと、スコット様はお考えになったのであります」

「……プリムローズに、殺人を犯させないために？」

「さようです。また、スコット様がお持ちだった陛下の結婚証明書や王女殿下に関する情報を奪おうと暗躍《あんやく》する者達も、スコット様が亡くなったと知れば、より活発に動き、尻尾《しっぽ》を摑《つか》みやすくなるのではないかという目論見《もくろみ》もありました。そのような事情を、プリムローズ様の母君たる女王陛下に説明するのを躊躇《ためら》われたスコット様と自分の心情をお察し頂《いただ》けないでしょうか」

そもそも結局のところ目の前の女王陛下は、長らく〈青い薔薇〉と呼び、再会を切望していた実の娘との邂逅《かいこう》を果たし、おまけに王太孫をも手に入れている。

スコット・ローズベリーが生きていることを報告していなかったからと言って、今さら文句を言わなくてもと、ベンは思う。

その思いが顔に出たのか。

「……けれども、スコットは妾の孫息子が己の孫と入れ替わってローズベリー青伯爵を名乗るとは考えてなかったのであろう？　終わりが良ければ、女王たる妾を騙《だま》してもよいと考えるのは傲慢《ごうまん》と言うもの」

生きていることをスコット・ローズベリーが女王である己にも隠していたのが、どうにも不満らしい。

「確かに、王太孫殿下がナッシュ様の名前を騙《かた》って現れるとは予想外でありました。そもそもスコット様は、ヒース様にご子息がいらっしゃるとはご存じなかったのです。ヒース様のご性格から今さら青伯爵位を継ぎに戻ってはくるまいと思われ、自分が死んだと公表すればキアヌス様か遠い親戚《しんせき》のサイモン様が次のローズベリー青伯爵を名乗るだろうと考えられたのであります」

そして、それ用に罠《わな》も巡《めぐ》らせてあったのだ。

「ところが、アン様が」

「ところが、アンジェリカがスコットの孫の〈アッシュ・ローズベリー〉を見つけてしまったと？」

と、女王陛下はベンの言葉を奪って言う。

「さようでございます」

アンは有能で優秀で信頼の置ける執事だったが、スコットもベンも〈青い薔薇〉の話を彼女にはしていなかった。

『実は女王陛下はかつて緑竜《エリン》王国の王太子殿下と秘密裏に結婚し、子供を設《もう》けていたが、その子供が行方《ゆくえ》不明になっている』

そんな重大な国家機密を知る人間を安易に増やすわけにはいかなかったからだ。

しかし、まさかのキアヌス失踪《しっそう》後、ローズベリー青伯爵家の断絶を憂《うれ》いた彼女が驚くべき速さで彼を見つけ出した時には、ベンもスコットもアンに全ての事情を説明していなかった自分達の不手際を後悔した。

——まあ、最終的には最良の結末になったのだから、アン様に秘密にしておいて正解だったのかもしれない。

「ヒース様のお嬢様であるアン様は、ヒース様が亡くなっていることもご子息がいらっしゃることもご存じでした。その上、弟君がいつどこで産まれて、なんと名付けられたか覚えていらっしゃった。だから、他の方々にはできなくても、アン様には〈彼〉を捜し出せたのかと存じます」

他の者達は、ヒース・ローズベリーに息子がいるとは知らなかった。

たとえ、ヒースに子供がいるかもしれないと考え、その子供を捜すことを思いついても、名前も年齢も生まれた場所も解らない子供を捜すのと、その三点が解っている子供を捜すのとでは、難易度が格段に違うだろう。

「……アンジェリカは」

と、女王陛下は孫息子の婚約者を、なぜか面白《おもしろ》くなさそうな表情で話し出した。

「妾の宮廷でとても評判が良い。悪く言う者がいないくらいだ。緑竜王国の一族と和解できたのも、正直彼女の力に寄るところが大きい。きっと素晴らしく有能な王妃になろう」

「それは自分も保証します」

有能なだけでなく、歴代の王妃の中でも一番国民に愛される王妃になるだろうと、ベンは親バカ的な気持ちで頷いた。

彼女が五つくらいで青伯爵家に来て以来、ずっと一緒に暮らし、その成長を見ている。

ベンにとっては、アンは実の子供も同然なのだ。

実は青伯爵を騙っていた殿下とアンのやりとりを見ているうちに、彼女は本当は女性かもしれないと、ベンも思うようになっていた。

が、しかし、よもやまさか彼女がスコットの実の孫娘であるとは、ベンも思い至らなかった。

「――それに比べ、アッシュはどうであろうか？」

「殿下がどうかなさったのでありますか？」

「宮廷内では青伯爵を騙っていた頃から評判はよろしくなかったが、王太孫になってもあまりにも言葉が冷たく刺々《とげとげ》しいと陰口を叩かれておる。ついには官僚達から〈青薔薇殿下〉と呼ばれるようになった」

「〈青薔薇殿下〉！」

あまりにぴったり過ぎて、ベンは思わず笑ってしまった。

そこを女王陛下にギロリと睨《にら》まれ、ベンは首を竦《すく》め慌てて真顔を取り繕《つくろ》う。

――もしかしなくても、さっきからネチネチとスコット様にケチをつけているのは、スコット様の孫娘の評判の良さと、己の孫息子の評判の悪さの落差による逆恨《さかうら》み的な何か、とか？

どうも女王陛下の表情を見ていると、それが真相のようだ。

――そんなこと、心配なさる必要はないのに。

〈青薔薇殿下〉と渾名《あだな》をつけられた女王陛下のご令孫と自分達の一ヵ月前のやりとりを、ベンは微笑《ほほえ》ましく思い出した……。

〝うん。——あの、服飾師長を黙らせてくれたら、いつかの約束通り僕もカラ達の等身大の着せ替え人形になってやる〟

〝え？〟

元（略）殿下のお言葉に、カラ達が目を丸くした。

——意外とこの王子様って、子供好きだよね、エミリー？

と、アッシュ王太孫殿下のカラ達に対する優しい表情を見て、ベンは胸の中で呟いた。

——まあ、カラとノラは小さくて可愛《かわい》くて、性格も素直だから、殿下でなくても愛《め》でたくなるのも当然か。

何を隠そうベンもその口だ。

真っ当に結婚して家庭を持っていたら、今頃カラ達くらいの子供が四人や五人いてもおかしくない年齢だ、自分は。

〝海を渡るのよ、わたし達〟

空耳がベンの耳をむなしく掠《かす》めた。

女王陛下直属の騎士団の伝令に抜擢《ばってき》され、光竜連合王国内外で活躍していた頃、ベンは当時の騎士団長だったデヴォン白侯爵の娘エミリーと恋に落ちた。

偶然にも生まれ故郷の領主でもあった騎士団長には、ずいぶんと目をかけられていたが、彼は娘とベンの結婚を認めてくれなかった。

理由は簡単で、ベンが貴族ではなかったからだ。

今にして思えば、父親として騎士団長がそう判断したのも解らなくはない。

エミリーは白竜《アングル》王国の貴族の中でも特に格式の高い白侯爵家の娘で、他国の王族から縁談が来るような素晴らしい女性で、ベンより遥《はる》かに条件の良い夫候補が両手に余るほどいたから。

しかし、結婚を反対されたベン達は、短絡的に手に手を取り大陸への船に乗った。

海の向こう、革命政権が樹立されたガリアでは、貴族も平民もなく誰も彼もが平等なのだと聞いて、そこでなら一緒になれるだろう、と。

そう信じて乗った船が、嵐で転覆《てんぷく》し……なぜかベンだけが奇跡的に助かってしまった。

あの夜の海の冷たさを思い出す度《たび》、ベンは自分が誰かの夫になり、誰かの父親になることは一生ないと思う。

——だからこそ。

〝だから！〟

ベンの思いに被《かぶ》るように強い声が耳に飛び込んできた。

〝……結婚式には、花嫁《はなよめ》の衣装だけでなく、花婿《はなむこ》の衣装だって必要だろう？〟

ぷいと不機嫌そうに、王太孫殿下は横を向かれて。

が、その頬は微《かす》かに赤くなっていて。

──それ、反則技ですよ、殿下……。

初めて逢った時はなんと傲岸不遜《ごうがんふそん》なお坊ちゃまかと、ベンは己の不運を嘆《なげ》いたものである。

当時、彼の（と言うかローズベリー青伯爵家の）執事をしていたアンが、刺々《とげとげ》しくも感じの悪いところの上ない彼の言動の一つ一つを善意に解釈《かいしゃく》して見せた時、アンの人の好さに密《ひそ》かに呆《あき》れ返《かえ》ったものだ。けれど。

──結婚式の前の晩に婚礼披露の晩餐会《ばんさんかい》を開くので、その料理をシドニーに任す？

王宮料理人でもないシドニーが王宮の晩餐会を取り仕切るのも異例だろうが、結婚式の前の晩に婚礼披露の晩餐会を開くのも異例と言うか、かなり不自然だ。

婚礼披露の晩餐会は、結婚式後にやるのが常識なのだから。

しかし、もしも式当日の夜に晩餐会となれば、当日は朝早くから夜遅くまでシドニーは厨房《ちゅうぼう》にいないといけなくなるだろう。

つまり、午前十一時ちょうどにはじまる結婚式にシドニーの参列は不可能だ。

ゆえの前夜の晩餐会なのだろう。

ついでに言えば、式当日に緑竜王国に旅立つなんて「絶対に当日の夜に、他の料理人による婚礼披露晩餐会は開かせませんよ」と言わんばかりのスケジュールを組んでいるのも、シドニーだけに婚礼披露晩餐会の料理を仕切らせ、かつ自分達の結婚式にも参列させようという意図からではないか。

――シドニーに晩餐会の料理を、ノラ達に衣装を、そして自分に晴れの日の御者を任せようとされているのは、自分らとそして何より花嫁のアン様を喜ばせようという意図でありますよね？

それくらいは察せられる程度に、ベンもこの七面倒な性格の王子様を理解しているのだ。

〝はい！〟

カラ達が元気に返事をした時に、いつもは傲岸不遜を絵にしたような王太孫殿下の顔に、心底嬉しそうな笑みが浮かんだ。

ふわりとした淡い水彩画のような微笑。

――ああ、そうか。

そのどこかエミリーに似た笑顔につられて自分も笑顔になっていることに気づいた瞬間、ベンは腹を括《くく》ったのだ。

十七年前、エミリーを亡くしたのに自殺する勇気もなく、騎士団から追い出され、親兄弟からも縁を切られ――領主の娘を拐《たぶら》かして死なせたのだからしょうがない――行き場をなくしたベンに、女王グラディスは新しい名前と新しい職を与えた。

女王の最大の秘密であり醜聞《しゅうぶん》でもありこの連合王国の世継ぎ問題を一気に解決する〈青い薔薇〉を捜すスコット・ローズベリーの監視役兼女王との間の連絡係を。

元女王陛下直属騎士団伝令のベンジャミン・ウォレス中尉改めただの兵士崩れの〈ベン・ウォナー〉

として、ローズベリー青伯爵家に潜《もぐ》り込《こ》んで十七年余り。

死に損ないのへたれ軍人が、至高の上司命令で潜入した先で、こんなにも愛《いと》しい者達を見出《みいだ》すとはベン自身思わなかった。

――生涯、妻はエミリーだけ。

彼女を亡くした以上、独《ひと》りぼっちで生きて独りぼっちで死んでいくと思っていたのに、いつの間にかアンもカラ達も娘のようだし、シドニーは実の弟より慕《した》わしい。

中でも、アンとの付き合いは十五年を超える。

彼にとっては本当に子供のようなものだ。

彼女がベンに結婚式の出席と、その晴れの日の御者になるのを望むなら、ベンは何を置いても彼女の願いを叶《かな》えようと思う。

――さらにこのクソ生意気なだけのお坊ちゃまと思っていた王子様自身も、それを望んでいるようだし。

そして、自分もいつの間にか、この女王陛下の青い薔薇たる王子様の願いを叶える気が満々になっているし。

――自分にとってはもう、この王子様もアン様もローズベリー青伯爵家の人達も、家族みたいなものなんだな、エミリー。

彼女がくれるはずだった家族を、自分はこんな風に受け取ったのだ――そう思った。

〝では、自分はあの厩舎長のしごきに耐えて耐えて耐えて〟

女王陛下直属の騎士団員の時代からお貴族様の格式張った礼儀作法は大の苦手だったが、それでもこれから頑張れば期日までにあの厩舎長の鼻を凹《へこ》ませる程度の基礎は身についているはずだ。

──エミリーにだいぶ鍛《きた》えられたし。

彼女に教わったことが、ここで活《い》きるなら遠い場所にいる彼女も喜ぶだろう。

〝殿下方の婚礼の日の御者になる権利をもぎ取ってくるのであります〟

だから、その日、昔取った杵柄《きねづか》で軍人っぽい敬礼をしてベンは明るく言ったのだ……。


「──ベンジャミン・ウォレス中尉？」

女王陛下に名を呼ばれ、ベンは我に返った。

「失礼致《いた》しました、陛下」

ベンは姿勢を正し、真《ま》っ直《す》ぐに女王陛下を見遣《みや》る。

「陛下のご心配は無用かと自分は思うのであります。殿下は人当たりはきつい方ですが、けして理不尽なことや間違ったことは仰《おっしゃ》いません。また、下の者への要求が厳《きび》しい反面、誉《ほ》めるべきところはきちんと誉めることができる方です。次期国王としてあの方以上の方はいないと、自分は断言できます」

「……ほう？」

「それから、陛下。自分は今後はただのベン・ウォナーとして、アッシュ王太孫殿下に仕えたいと考えております。お許し頂けますか？」

――と言うか、もうあの殿下には仕えると約束したのだから、今さら女王陛下に断られると困るんだが……。

プリムローズ王女の存在が公《おおやけ》になり、スコット・ローズベリー青伯爵が復権したため、実はベンは自分がすっかり女王陛下からお払い箱になっていると思っていたのだ。

「……妾より、アッシュに仕えたいと申すか？」

――え？　そこが問題になるのでありますか？

「……へ、陛下には自分より素晴らしい者達が数多《あまた》仕えております。ですが、残念ながら陛下の〈青薔薇殿下〉には、その刺の下に隠されている美点に気づいている者が、今のところはまだまだ少ないようであります。それで、自分のような者でも多少は役に立つかと愚考《ぐこう》致した次第であります」

動揺のあまり、言葉が少し変になった。

この会話をもし厩舎長に聞かれていたら、二ヵ月後の婚礼の日の御者には絶対なれないくらいに減点されたに違いない。

――御者台の厩舎長まで聞こえるような声では、なかったよ……な？

「……そなたは」

「はっ」

次に陛下に何を言われるかとビクビクしながら、ベンは返事をする。

しかし、続く言葉は意外なものだった。

「以前のように、心から笑うようになったようじゃの。――エミリーが亡くなった頃は、死人でももう少し愛想があるだろうというくらい、暗く覇気《はき》のない顔をしていたが」

「……」

エミリーが亡くなって最初の二年ほど、ベンの記憶は曖昧《あいまい》だ。

女王から指示を受けてローズベリー青伯爵家に入ったが、何に対しても無気力で無感動で、ただただその場その場で誰かに命じられたことを、機械的にこなしていただけだったと思う。

それが変わったのは。

――アン様が、来た頃からかな……。

四歳くらいの幼い子供のくせに、一生懸命に従者の仕事をしているのがあまりにいじらしくて。

生きる屍《しかばね》のようだった当時のベンでさえ、手助けをせずにはいられなかった。

〝ありがとうございます！〟

どんな些細《ささい》な助けに対しても、彼女は命でも助けられたかのような厚い感謝と愛らしい笑顔をベンに向けてきた。

エミリーを失った夜から凍ったままだったベンの心臓を、その笑顔が少しずつ溶かしたのだと思う。

そうして、シドニーやカラ達が屋敷に来た頃には、ちょいちょいお節介を焼くくらい、ベンの凍っていた心臓は動くようになっていたのだ。

「……陛下と殿下のおかげであります」

が、正直な話をすれば、この偉大なはずの女王陛下がまた子供のように拗《す》ねそうなので、ベンは大人な回答を返した。

——それに、まったくの嘘でもないし。

あの殿下もベンの心臓のまだ凍っていた部分を溶かした一人だし、アンや殿下、カラ達に逢えたのは、陛下がローズベリー青伯爵邸にベンを遣わしたからだと思う。

「——ところで、妾が妾の伝令のために払った給与を、そなた、丸ごとデヴォン卿《きょう》に送金していると聞いたが」

「あ、そ、それは……さ、さようでございます……」

突然話を変えられて、ベンはまたまた動転した。

エミリーが亡くなったあと、デヴォン白侯爵家は当主夫妻が揃《そろ》って大病を患《わずら》ったり領地で不作が続いたりで、年若いエミリーの弟達が苦労していると風の噂《うわさ》に聞いた。

それでベンは、女王陛下から頂くウォレス中尉への給与と青伯爵家からの賃金の大半をデヴォン家に送金してきた。

自分がエミリーと駆け落ちし、彼女が死ななければ、そのような状況は避けられたのではないか。

もちろんデヴォン白侯爵家の不幸の全てを自分の責任だと思うほど傲慢ではなかったが、不運を彼らに呼び寄せたのは自分のような気持ちがして何かせずにはいられなかったのだ。

「もうデヴォン卿に送金するのは止《や》めよ。そなたから金が送られてくる度に、卿はそなたとエミリーの結婚を許さなかったことを悔《く》やまれてならぬそうじゃ。確かに亡くなった恋人の家族に十七年も送金を続けるほど誠実なバカはそうそうおるまい」

誠実なバカとは何だと思う。

女王陛下はあの殿下に負けず劣《おと》らず実は口が悪かったのかと、ベンは泣きそうな目を瞬いて、小さく苦笑した。

「一番大変だった時期を、そなたの送金のおかげで助かったと、デヴォン卿は言っておった。今は、領地の財政も立て直したそうじゃし、エミリーの弟が当主となり妾の外交官としても良い働きをしておる。そなたの助けはもう要《い》らぬそうじゃ」

「――」

「――そのような顔をするな」

ベンがよほど途方に暮れた顔をしていたのか、女王陛下はやや口調を和《やわ》らげた。

「卿はもうよいと言っておるのだ。エミリーの死を償《つぐな》いたいと言うのなら、そなたが幸せになることこそ償いだと言っておったぞ」

「……はっ」

幸せに。

十七年前は、自分が幸せになるなんて、エミリーがいなくては到底無理だと思っていた。

けれど、自分は今度こそ幸せになれるのかもしれない。

海の向こうの緑竜王国で、本当の家族のように慕わしいあの殿下やその妃《きさき》、双子《ふたご》のメイドや料理人達と共に。

「ベンジャミン・ウォレス中尉。本日この時をもって、女王グラディスは、そなたの任を解く。今後は誰に仕えようと……もちろん我が孫息子に仕えようと、そなたは自由じゃ」

「はっ、ありがたき幸せでございます」

馬車の中で立つわけにはいかなかったが、ベンは騎士団時代の正式な敬礼を女王陛下に向けて行った。

女王陛下はそれに頷く。

「だが、妾はアッシュに命じておく。緑竜王国大公《プリンス・オブ・エリン》から光竜連合王国女王《クイーン・オブ・グロリアス・ウィルムズ》への書面は、必ずベン・ウォナーに持たせよと」

「……陛下？」

ベンは瞬いた。

「ベン・ウォナーは、誰よりも早く誰よりも確実に妾の元に書面を届けてくれようぞ。――昔、妾の元にいた信頼厚き伝令ベンジャミン・ウォレス中尉のようにな」

「ハッ。ベン・ウォナー、陛下の期待を裏切らぬよう精一杯努めます」

口角を上げて自分を見る女王陛下に、あの厩舎長でさえ満点を出すような完璧《かんぺき》な返事をベンは行ったのだった。

シドニーの場合

〝侯爵様は、青い薔薇を所望だ、シドニー〟

あの日、父は弱り切った顔でそう言った。

青い薔薇というのは、その昔、光竜連合王国《グロリアス・ウィルムズ》の女王に侯爵が求婚した時に贈《おく》り物として父が苦労して作り上げたケーキのことだ。

高価な卵を通常の三倍も使い、厳選《げんせん》した高級砂糖や上質の薄力粉を使ったスポンジ。

それを粉砂糖で白くコーティングした上に、いくつかの果汁と特殊《とくしゅ》な香料とある高価なリキュールを使って作った、空のように青くて、口の中で淡く消えるクリームで大輪の薔薇を咲かせた、夢のように美しいケーキだった。

こんなに綺麗な青いクリームを作れるのは父だけだと、侯爵は絶賛した。

そして、そのケーキを持って若き日の侯爵は女王を口説《くど》いたが、女王はケーキの美しさと味の素晴らしさは認めたものの、侯爵の求婚を受け入れなかった。

侯爵が持参した物は、女王の思う青い薔薇ではないからと。

女王への求婚に失敗したケーキにも拘《かか》わらず、侯爵は大事な折には必ずこの青い薔薇を所望した。

『このケーキを愛《め》で、口にできる特権さえあれば、予《よ》は光竜連合王国の国王の座などどうでもよいぞ』

侯爵がそう誉《ほ》めるのを、父はいつも誇《ほこ》らしそうに聞いていた。

青いクリームで、本物の花びらみたいにふんわりと柔らかいカーブを描いて、父が大輪の薔薇をケーキの上に咲かせるのは、シドニーにとっても見ていて何より楽しかった。……母国では。

〝侯爵様は、青い薔薇を所望だ、シドニー〟

父は海を渡って、この国に来てからすっかり老け込んだ。

薄くなった頭を抱《かか》え、じっと俯《うつむ》いている。

ガリア王国で革命が起こって、シドニー父子は仕えていた侯爵とともに、光竜連合王国に亡命した。

正確には亡命する侯爵についてきたと言うべきだろう。

シドニー父子は革命政府から命を狙《ねら》われるような貴族なんかではなく、たまたま侯爵家の料理人だったというだけの平民なのだから。

〝侯爵様は、青い薔薇を所望だ、シドニー〟

亡命した侯爵は、あっという間に故国から持ち出した財産を使い果たした。

元々道楽者で仕事など生まれてこのかたしたことがないような人の上、侯爵の金庫番だった執事が金を持ち逃げしたためである。

一文無しになった侯爵の元から他の使用人達もすぐに離れていき、最後まで残ったのはシドニー父子だけだった。

侯爵の熱烈な信奉者だったシドニーの父親は、ある富豪の料理人になり、なんとか侯爵の面倒を見ていた。

当時、その富豪の屋敷の離れで、侯爵は精神も体も病んで寝たきりの生活をしていた。

シドニーの父親は己《おのれ》の給金のほとんどを、そんな侯爵の医者代に当てていて、父子は切り詰めた生活をしていた。

青い薔薇のクリームどころかスポンジを作る材料費だって今の暮らしから捻《ひね》り出《だ》せるか怪しいと、子供のシドニーでも判った。

そして、日に日に弱っていく侯爵がもう長くないことも、同じくらいはっきりと判っていた。

〝――侯爵様は、青い薔薇を所望だ、シドニー。侯爵様がお望みとあれば、なんとしてでも作らねばなるまい〟

四度同じ言葉を繰り返した父は、最後にそう言った。

……シドニーの父にとって、彼を貧民街から拾い上げ、一角《ひとかど》の料理人に育て上げてくれた侯爵は、神と同義だった。


「シドニー、今日、呼ばれた理由は解るか？」

光竜連合王国の王宮で王族方の食事を作るようになって、何日かに一度、シドニーは王太孫殿下の執務室に呼び出される。

王宮内で密《ひそ》かに〈青薔薇殿下〉なる渾名《あだな》をつけられている彼の料理人になると決まった日、総料理長がそうしていたように殿下の執務机の前にシドニーは立たされた。

シドニーは殿下と同じくらい刺々《とげとげ》しい顔で、椅子にふんぞり返っている彼を見下ろす。

「……バターの量が、多かった」

今月七度目ともなれば答えるのもアホらしい。

「解ってるなら、なぜ、減らさない？」

他の者なら恐怖で震え上がるようなきつい口調と視線を向けられたが、シドニーはこと料理にかけては妥協《だきょう》するつもりはない。

「味が、損なわれる」

シドニーとしては、濃厚なソースを作って何が悪いと言いたい。

ガリア料理は、ソースが命なのだ。

バターをふんだんに使わずして、どうして美味《うま》いソースが作れようか。

――いくら殿下が美味《おい》しくないソースを作れと言っても、それには従えない。

ソースの味は料理人のプライドだと、亡き父も言っていた。

シドニーとしては、ここは何百回叱責《しっせき》されようとも絶対に断固として譲《ゆず》れないところなのだ。

「健康が損なわれるほうが問題だ。女王陛下はもう少し痩《や》せた方がいい」

もう何度となく言われた言葉だった。

祖母君の健康を心配する気持ちは解らなくもないが、だったら女王が食べる量を減らせばいいのだと、シドニーは思う。

なんでもシドニーがメインの料理人になってから、女王の食欲は増進しているらしい。

料理人としてはそれは名誉なことであって、叱責を喰らうようなことではないはずだ。

そうして、いつもはただただ「味は、落とせない」と言い続けるシドニーなのだが、その日は、なぜかいつもと違った反撃を行ってしまった。


「だが、アン様は、もう少し、ふくよかになられるべきだ」


そう言った瞬間、ピキッ！　と空気にヒビが入った音が、シドニーの耳にハッキリと聞こえた。

いつも不機嫌そうな顔がデフォルトの王太孫殿下だが、今は悪魔そのものの顔でシドニーを見上げている。

料理のあれこれで今まで何度となく殿下を不機嫌にしてきたシドニーでも、ここまで怒った顔を向けられたのは初めてだった。


「――――――もういい」


帰れと、手を振られる。

そして、殿下は別の書類に取りかかられた。

それっきりシドニーのほうをまったく見ない。

――失言、した。

何がどう失言だったかシドニーにはよく解らないが、殿下の表情を見る限り明らかに自分は失言したようだ。

シドニーは何か弁解しようと口を開いた。

彼の連立王国語は、まだ滑らかさが足りないとは言え、以前よりずいぶんと進歩した。しかし、何がどう失言なのか解らない以上、彼の知る限りの連立王国語を思い浮かべても、この場面での適切な言葉が出ず、無言で頭を下げて辞するしかなかった。


「……いや、それは、シドニー……」

厩舎《きゅうしゃ》の裏でシドニーの話を聞いたベンは、ムニャムニャと口を動かしながら例のごとく頭を掻《か》こうとして、帽子を地面に落としかけた。

それからきちんと髪をなでつけて、また被《かぶ》り直《なお》す。

厩舎長に品格を叩き込まれている最中のベンだが、〈呪《のろ》われた貧乏伯爵〉と揶揄《やゆ》されていた頃のローズベリー青伯爵家の御者《ぎょしゃ》時代と違って、最近は見違えるほど男ぶりが上がった。

この二ヵ月ほどで容姿だけでなく、立ち居振る舞いも洗練されてきて、まるで生まれながらの伯爵か侯爵みたいに立派だ。

そんなベンと我が身を比べて、シドニーはいささか情けない気分になった。

「……あのなぁ、シドニーの反論したい気持ちも解るが、そこでアン様のことを持ち出すのはまずかったよ」

「やっぱり、失言だったのか？」

どこが悪かったのかさっぱり解らないが、大ざっぱな性格のベンでさえこの反応だから、あの面倒臭《くさ》い性格の殿下には絶対に言ってはいけない台詞《セリフ》だったようだ。

「そりゃあ、殿下じゃなくても自分の恋人の体型とか容姿を、他の男にアレコレと言われるのは嫌なもんだし」

「……そうなのか？」

そんな視点はシドニーには、まったくなかった。

アンの細い体を見ていたら誰だってもう少し肉を付けろと言いたくなると、シドニーは思うのだ。

「ガリアじゃ違うのか？」

そういう反応を示すシドニーにギョッとしたような顔でベンが問う。

「…………解らない」

改めて問われると、自分の感覚が自分個人のものか、ガリア人一般のものか、シドニーには判断がつかない。

そもそもシドニーは、恋人という者を今まで持ったことがない。

「……ああ、シドニーはフライパンと鍋《なべ》が恋人だものなぁ……」

しみじみと言われ、かつそれが真実であるからこそ、シドニーもムッとする。

「ベンに、言われたく、ない」

三十をいくつも超えたのに、ベンは独身だ。

恋人がいるような話も聞いた覚えがない。

子供じみた切り返しの言葉にベンは肩を竦《すく》め、それからシドニーの肩を叩いた。

「この種の失言にいつまでも拘《こだわ》られるような方ではない——と、信じたいが、あの殿下、ああ見えて結構嫉妬《しっと》深いと言うかなんと言うか……」

——嫉妬？

なぜその単語が出てくるのか。

一瞬、自分が脳内翻訳を誤ったのかと疑うが、多分『嫉妬』は〈嫉妬〉だ。

「アン様は、ふくよかになったほうが、いい。俺は、そう言っただけだ。それで、なぜ、殿下は、嫉妬されるんだ？」

「そりゃ、つまりそれだけ、その、なんだ。お前が、アン様の体を見てるってことになるじゃないか」

「見てるも何も、何年、一緒に暮らしたと？」

別に裸を見たわけではない（それなら嫉妬されてもしょうがないと、シドニーでさえ思う）。

あの殿下だって、シドニーが何年もアンと共に暮らしていた事実は十二分に承知しているはずだ。

アンとて男装を誤魔化すために肩に綿など仕込んでいたようだが——故《ゆえ》にシドニーは、今考えれば間抜けにも彼女が女性だとは思ったこともなかった——、どう細工しても足首とか手首とか服から覗く部分の細さは誤魔化しきれるものではない。

そんなわけで、毎朝毎晩顔を合わせていれば、別に裸を見なくても痩せ過ぎかどうかなんて解って当然だと、シドニーは思う。

それやこれやをシドニーが、まだまだ得意とは言いがたい連立王国語を駆使して述べると。

「……いや、だから、それが問題なんだよ」

疲れ切った表情で、ベンは答えた。

「だから、何が、問題なんだ？」

ベンは帽子を落としそうなほど、天を仰《あお》いだ。

それから、ガシッとシドニーの両肩を摑《つか》んで。

「ともかく！　ともかくだ、シドニー！　職を失いたくなければ、まずは殿下のお望み通りバターを減らせ」

「俺に、不味《まず》い料理、作れと？」

「殿下の要求に沿ったもので、かつ美味い料理を努力して作れ。〈呪われた貧乏伯爵〉家の料理人だった頃は、バターなんて一欠片《ひとかけら》もなくても美味い料理を作ってたじゃないか」

「あの時は、そもそもバターが、なかっただけだ。今と違う。最高の料理を作る、材料があるのに、使うなと言われても、困る」

いつも自分が持っている技術の全てを使って、他の料理人ではとても生み出せないような美味い料理を作りたいのだ、シドニーは。

二ヵ月前、アッシュ・ローズベリー青伯爵が実は偽者《にせもの》の青伯爵で、本当は女王の孫のアッシュ・ティンカー・オブ・アングルだと判明し、彼が王宮に居を移してから一日足らずでアンも彼の婚約者として王宮に入った。

それを知った時、青伯爵家の唯一《ゆいいつ》の料理人たるシドニーは、正直途方に暮れた。

本物のアッシュ・ローズベリーだったナッシュ様もその婚約者——というのは、アッシュ・ローズベリーを名乗る人物が入れ替わっても有効なんだろう——リアノン様も、それから元の青伯爵たるスコット・ローズベリー様も、悪い主人じゃない。

気難しさの欠片もなく、シドニーの料理に喜んで舌鼓《したづつみ》を打ってくれる。

傾いていた青伯爵家の財政も完全に持ち直し、シドニーは乏《とぼ》しい金銭で食材を確保する苦労から解放された。

母国で革命が起こり、父や父が仕えていた侯爵と共にこの国に亡命してきてから、一番安定した状態にあると言えた。

明日、どうなるかなんて考える必要はないのだから。

けれども、シドニーは物足りなさを感じた。

アンにしろあの偽者の青伯爵（今は王太孫殿下だが）にしろ、かなり繊細《せんさい》な舌の持ち主で、シドニーが日々より良い味を求めて創意工夫しているのを、シドニーが説明しなくても気づいてくれた。

こちらとそちらではどちらが美味しいかと問うた時、今のご主人様はどちらも美味しいと答えてくれる。

それはそれで悪くないのだが、偽者の青伯爵だった彼のように「こちらのほうが、断然美味い」と言い切って欲しいとも思ったのだ。

そんな不満を感じていたら、王宮に呼び出されて王宮の厨房《ちゅうぼう》でしばらく働くようにと言われた。

殿下の婚礼披露の晩餐会《ばんさんかい》の料理も任された。

やりがいに溢《あふ》れる仕事である。

しかも、その後は殿下が主となる緑竜王国《エーリン》の王宮で働くことも決まった。

料理人として、これ以上の職場はあるまいと思った。

だから、その抜擢《ばってき》に報《むく》いるためにも、そしてこの抜擢が殿下の依怙贔屓《えこひいき》ではないことを示すためにも、元々王宮にいた料理人達の誰より美味しい料理を作ろうと、シドニーは思ったのだ。

それを、なぜあの殿下は理解してくれないのか。

「殿下は竜喘息《ウィルムズ・アズマ》を患《わずら》っていたナッシュ様を長らく育てて来られたせいか、味より何か食べ物の効能？みたいなのに拘《こだわ》られているようだったじゃないか。俺達と一緒に暮らしていた頃も、この植物を摂ると体にいいとか、この魚を食べると骨にいいとか、よく言われていたし」

「――」


〝健康が損なわれるほうが問題だ〟


殿下はシドニーに何度となくそう言っていた。

それを聞き流してしまったのは、殿下の気持ちよりも、自分が総料理長や他の料理人達に負けないくらい美味い料理が作れると誇示《こじ》することを優先させてしまったからで。

――殿下の料理人として、本末転倒だ……。

父が常《つね》に侯爵様の意に添うことを他の何よりも重要視したように、殿下の要望に全力で応《こた》えるべきだった。

――仮にも王太孫殿下の料理人を名乗るならば。

「せっかく殿下が緑竜王国に来いと言って下さったんだ。皆で一緒に行こう」

黙り込んだシドニーの肩を、もう一度ベンが叩く。

「――ああ」

父親が死んだ時のように一人だけ取り残されるのは、もうたくさんだ。

「なんとか、する」

シドニーは料理人だ。

失敗の償《つぐな》いは、料理でするしかあるまい。

……そうシドニーが思った翌日、また、事件が起こった。


「シドニー・カレームは、強盗殺人で縛《しば》り首《くび》になった父親を持っていますよ」

総料理長に付いてくるように言われて、昨日の今日でどういう顔をすればいいものかと悩みつつ殿下の執務室へ赴《おもむ》いたら、総料理長はにこやかに爆弾を落とした。

「シドニー・カレームは、強盗殺人で縛り首になった父親を持っていますよ」

と。

シドニーは、もうお仕舞いだと思った。

昨日あれだけ怒らせてしまったのに、こんな情報を耳に入れられては、殿下の料理人の職をクビになるのは間違いあるまい。

父が処刑されたのは、もう十年も前の話だ。

そして、父が強盗殺人で処刑されたからこそ、シドニーはその料理の腕にもかかわらず働き口を見つけるのに四苦八苦した。

ただでさえ紹介状がない料理人は職探しに苦労するものだが、父親が元々光竜連合王国内でもそれなりに名の知られた料理人だったのが災《わざわ》いした。

どこへ行っても名前を言えば「あの強盗殺人を犯した料理人の子供だ」とすぐに相手は気づき、色眼鏡《いろめがね》で見られて、まともな屋敷では迎え入れてもらえなかった。

下町の小さな食堂でなんとか雇《やと》ってもらったが、喰《く》わせてやるだけでありがたく思えというひどい扱《あつか》いだった。

そこで奴隷《どれい》みたいに一年ほど働いた頃、市場で偶然出逢ったアンがちょうど料理人を探していたのだと言って、シドニーをローズベリー青伯爵家に引っ張ってくれた。

当時、ローズベリー青伯爵家があれほど貧しくて評判が悪くて、使用人達を確保するのに苦労していなければ、アンがどれほど熱心に青伯爵家の人々に頼もうとも、シドニーはかのお屋敷の料理人にはなれなかっただろう。

「へっ、ええええ――――」

さて、総料理長の爆弾発言に、王太孫殿下は例の感じの悪い相槌《あいづち》を打った。

舌鋒《ぜっぽう》が鋭過ぎて周囲から〈青薔薇殿下〉とまで言われるようになった人である。

どんな罵詈雑言《ばりぞうごん》でクビを言い渡されるかと、シドニーが覚悟していると。

「わざわざ時間を取ったのに、今日の用件はまさかそれだけとかじゃないよな、総料理長？」

「え？　あ。あの、殿下」

己《おのれ》の脳内脚本通りに殿下が動かなかったせいか、総料理長は目に見えて動揺した。

シドニーのほうも、殿下の予想外の反応に瞠目《どうもく》した。

「何？」

ぞんざいな返事をして、殿下は机の上の書類の山から、何やら細かい文字で埋まった書面を手元に引き寄せた。

総料理長の話に興味を失っているように見える。

「そ、それだけも何も、今日の用件はシドニー・カレームが、強盗殺人犯の息子だということでございまして」

「だから、何？」

「だ、だから、何とは……で、殿下は恐ろしくないのですか？」

言われた王太孫殿下は、言葉の通じない外国人でも見るかのような顔をして。

「何が？」

「ですから、シドニー・カレームは、強盗殺人犯の息子なんですよ！　そんな男を王宮の厨房に入れておくのは、危険ではないですか」

「――総料理長、確認ですが、強盗殺人を犯したのはシドニーの父親で間違いないですか？」

妙に丁寧な言葉遣《づか》いになるのが、この殿下が相手を牙《きば》にかける時の前準備であることを、シドニーはその時まで知らなかった。

「ええ、間違いございません」

やっと話が通じた！　と喜色満面で総料理長は頷いた。

「ブライアン・カレームは、己が仕えていた屋敷から大量の銀食器を盗んで売り捌《さば》き、それに気づいて彼を問い詰めた主《あるじ》を殴り殺したのです！」

「……なるほど」

殿下の言葉に、総料理長は飛び上がらんばかりに喜んだ。

反対にシドニーは天を仰《あお》いだ。

追い出されるのはしょうがない。

己の主を殴り殺すような男の息子なんて、信用されないに決まっている。

だが、殿下の婚礼披露の晩餐会の料理だけでもやらせてもらえないだろうか。

ありったけの知識と技術を使って、祝いたい。

十年前、彼を拾ってくれたアンのために。

彼に様々な野草や香草の知識を授け、いくつもの新しい扉を開いてくれた王太孫殿下のために。

――それだけでも頼もうか。

しかし、それすらも許されないと言われたら、二度と立ち直れない気がする。

――潔《いさぎよ》く何もかも諦《あきら》め、追い出された方がマシかもしれない……。

その時。


「じゃあ、何も問題ないじゃないか」


――え？

シドニーは目の前の秀麗《しゅうれい》極まる殿下の顔をマジマジと見詰めた。

「で、殿下！　拙《せつ》の話をちゃんと聞いて下さいましたかっ！」

「ぁ？　ちゃんと聞いていますが？　強盗殺人を犯したのは、ブライアン・カレームという男で、シドニー・カレームは何の罪《つみ》も犯していない。総料理長が言ったのは、そういうことじゃないんですかぁああ？」

「拙が申し上げたいのは、シドニー・カレームは強盗殺人犯の息子なので、王宮の厨房には相応《ふさわ》しくないと言うことです！」

「ぁ？　だから、シドニーは何の罪も犯してないんじゃないんですかぁ？　それなのになんで、王宮の厨房には相応しくないなんて話になるんですかぁあぁ？」

眉根《まゆね》を寄せる元（略）殿下を、総料理長もシドニーも奇妙な生き物を見るような目で見返してしまう。

「僕にはむしろあんたのほうが、女王陛下の召し上がる料理を作るのに相応しくない人間だと思えるんですが」

「せ、拙がなぜ……」

「無実の人間を讒言《ざんげん》で追い落とそうなんて考える腹黒い人間に厨房を任せるなんて、暗殺者を自ら雇い入れているようなものじゃないですかぁあ？　ああ、いや、暗殺者を飼っているのと同じか。よし。陛下に総料理長をクビにするよう進言しよう」

と、立ち上がって本当に執務室を出ようとするものだから、その腕に総料理長が年甲斐《としがい》もない嘆願《たんがん》顔《がお》で縋《すが》りついた。

「でで、殿下。せ、拙が間違っておりました。ですから、ですから、陛下に拙のことを進言なさるのは、どうか、どうか平に平にご容赦《ようしゃ》を」

「へっ、えええぇ――。じゃあ、ブライアン・カレームの件は、二度と口にしないと？」

「は、は、は、はい！」

総料理長が真っ青な顔をして執務室から遁走《とんそう》しても、シドニーは残った。

「――あ、あの」

話すのはあまり得意ではない。

以前より光竜連合王国語は上手くなったが、元々お喋《しゃべ》りな質《たち》ではないのだ。

「……ありが……とう……ござい……ました……」

「――ぁ？　別に僕は、あんたに礼を言われるようなことはしていませんがぁ？」

席に戻って何かの書類をしたためつつ、殿下は例の嫌味と皮肉をブレンドした言葉を返してくる。

だが、実はそれが照れ隠しであることを、この頃シドニーも解ってきている。

心と体の双方《そうほう》を病んでいた侯爵は、もういつ死んでもおかしくないほど重篤《じゅうとく》だった。

だから、彼の最期《さいご》の願いを叶《かな》えようと、シドニーの父は仕えていた屋敷から銀食器をいくつも盗み、売り捌いたお金で青い薔薇を作った。

繊細《せんさい》な作業を重ねてやっとできあがった青い薔薇を侯爵に食べさせようとしたその瞬間、父の窃盗《せっとう》に気づいた主がやってきて、青い薔薇を目にした。

そのあまりの見事さに主は父からそれを奪おうとし、もみ合いの中で青い薔薇は床に落ち、壊れてしまった。

そして、その騒ぎの中で侯爵は息を引き取った。

侯爵の最期の願いを叶えられなかったシドニーの父は激怒し、主を殴った。

拳《こぶし》が入った場所が悪かったのか、倒れた時に強く頭を打ったのが悪かったのか。

父が怒りのあまり放ったたった一撃で、主は死んでしまったのだ。

――父は本来、人殺しなどできるような人間ではなかったのに。

ただ、父は死にゆく侯爵の最期の贅沢《ぜいたく》となる、最期の望みを叶えようとしただけだった。

だが、間違った方法を採ってしまい、そして取り返しのつかない過《あやま》ちを犯してしまった。

――そんな罪人の子供の俺でも、殿下はここに居ていいと言って下さる。

「……あんた、僕の裁判で、僕が偽者《にせもの》の青伯爵でただの異教徒だと解った時、それでも庇《かば》ってくれただろう？」

「あ、あの時は……当然のことを……しただけだ」

あの裁判の時、アッシュ・ローズベリーを騙《かた》ったというだけでこの青年が処刑される理由が、シドニーには解らなかっただけだ。

「あんたがあれを当然のことをしただけだと思っているなら、今日の僕の行為も、当然のことをしただけだ。僕に礼を言う必要なんてないし、恩に着る必要もない」

「――」

「ただ、バターは減らせ。――女王陛下の皿の料理だけでいいから」

それが先日からの件における殿下の妥協点《だきょうてん》らしい。

シドニーはホッと息を解《ほど》いた。

それから、ホッとしたせいか、自分でも不思議だが余計な言葉が口から零《こぼ》れ落《お》ちた。

「アン様の皿のバターは、減らさなくていいのか？」

バシッ！

今日のは空耳ではなく、殿下が持っていた書類を机に叩きつけた音だった。

あっと思う間もなく、グイっと襟《えり》を掴まれ、額と額がぶつかりそうなほどまで顔を引き寄せられた。

そして。

「――――シドニー」

「――今度、アンのことを口にしたら、あんたがどんなに！　どれだけ美味い料理を作ろうとも！

即刻クビだ！　解ったか⁉」

解らない！

咄嗟《とっさ》にそう思ったが、至近距離で見る鬼気《きき》迫る顔つきの殿下に、シドニーは必死に首を縦に振り、先刻の総料理長にも負けないいくらい素早く殿下の執務室から遁走した。

――おかしな方だ。

厨房へと歩きながら、シドニーはクスクスと笑いが込み上げてきて止まらなくなった。

シドニーが強盗殺人犯の息子だと知っても雇い続けるくせに、一言二言婚約者に言及しただけでクビと言うのは、あの〈青薔薇殿下〉はどういう基準で物事を判断しているのやら。

――女王陛下の皿のバターの量を減らし、その分、アン様の皿のバターを増やそうか。

彼女の皿のバターは減らさなくてもいいと言われた――実際にはそうと口にされたわけではないが――のは、殿下も彼女はもう少しふくよかになるべきだと思われたのだろう。

ならばシドニーはその殿下の願いを叶えるべく、努力すべきだ。多分。

――バターの量を普通より増やしたり減らしたりして、それでも美味しいと言われる料理をどうやって作ろうか。バターの代わりにオリーブ油を使う? いや、それは安直過ぎる……。

歩きながら、あれこれ考えを巡《めぐ》らす。

——父は青い薔薇のクリームにバターだけではなく、リキュールと果汁でコクを出していた。それを応用すれば……。

何をどうするか、方向性は定まった。

さっそく今夜の晩餐から試してみようと思う。

「——」

そうして歩きながら、シドニーは父の青い薔薇の技術を応用するだけでなく、あの日以来、誰も作らなくなった青い薔薇のケーキを、〈青薔薇殿下〉のためにもう一度作ってみようかと思った。

——アン様は、お喜びになるだろう。

彼女が喜べば、殿下も喜ばれるのは間違いない。

そして、二人が喜べば青い薔薇は……父の思い出は、再びシドニーの中で美しく花咲き、誇りを取り戻せるだろう。

殿下の場合

光竜連合王国《グロリアス・ウィルムズ》の女王グラディスの世継ぎアッシュ・ティンカー・オブ・アングルがかつてローズベリー青伯爵を騙《かた》っていた頃、彼は貴族達からたいそう嫌われていた。

自分に好意的な相手にも非好意的な相手にも分け隔《へだ》てなく、刺々《とげとげ》しく、冷淡だったからだ。

先代のスコット・ローズベリー――結局、彼は生きていたのだが、当時は亡《な》くなったことになっていた――が、青薔薇《あおばら》作りに精魂《せいこん》を傾け、先祖伝来の財産を失った話が有名だったせいもあり、アッシュは周囲から密《ひそ》かに〈青薔薇伯爵〉と呼ばれていた。

青薔薇のせいで連合王国一貧乏な伯爵になったくせに、どんな大貴族にも媚《こ》びないし、諂《へつら》わない。

薔薇の花のように美しいが、薔薇の花のように刺《とげ》があるから、と。

そうして、彼が本当はグラディス女王の孫だったと判り、王太孫殿下として王宮に迎えられて、一週間余り。

この一週間で、官僚達はアッシュの仕事に対する要求基準が自分達にはとてつもなく高いハードルだと思い知ったようだ。

長らく世界一豊かで平和な大国である光竜連合王国では、たいして有能だったり働き者でなくても、そこそこの地位に行ける貴族出身の官僚達が多かったからである。

おまけに彼は以前と同じく、どんな大貴族出身の官僚に対しても平民出身の官僚に対しても、分け隔てなく厳《きび》しい。

あっという間に彼の元で働く官僚達は、影でアッシュを青伯爵時代と同じく、〈青薔薇殿下〉と呼ぶようになっていた。

それを知ったアッシュの感想としては、例のごとく。

「へっ、えぇえぇ――――」

しかない。

生まれ落ちた瞬間から、アッシュは嫌われることには慣れている。

無能者に媚《こ》びてまで、好かれようとも思っていない。

だから、彼らに嫌われても傷ついたりしない。

そもそもローズベリー青伯爵を名乗っていた頃は、アッシュはより積極的に嫌われるよう感じ悪く振る舞っていた。

本物のアッシュ・ローズベリーが青伯爵位を継ぐ時に、偽者《にせもの》は嫌われていたほうがいいと判断したからだ。

――だから。

アッシュは自分がローズベリー青伯爵家の使用人達に好かれているとは、けして思っていなかった。

が。

「……あのぅ、アン様、これはいったい……？」

そう戸惑ったベン、シドニー、そしてノラとカラに、アッシュの最愛の姫君はにっこりと微笑《ほほえ》んだ。

「皆さんが裁判の時に庇《かば》ってくれたことを、ご主人様はとても嬉しく思われたのです」

――ぁ？

こちらからは普通の鏡、向こうからは普通のガラスに見える特殊な鏡が、アッシュの執務室となった部屋には据《す》えられている。

その鏡の向こうの部屋から漏れ聞こえた婚約者の言葉に、アッシュは一瞬思考が止まった。


――嬉しいなんて、言った、覚えは、ない。


断言できた。

それはもう相手がアンでなければ「いつ、誰が、そんなことを言ったんですかぁあああ!?」と首根っこを引っ捕まえてガクガク揺さぶったに違いないと思うほどに、断言できた。

――言ってないどころか、僕は嬉しいなんて思ってもいないんですが？

しかし、そう口に出して言っても、きっとアンは納得しない。

照れていらっしゃるんですね！　……とかなんとか。

こちらが赤面ものの理由をつけて、アッシュの言葉を全力の善意でスルーするのが目に見えている。

と言うか、この件でアンが言いそうなことなど、幻聴と思えぬほどはっきりと耳に届いてくる。

いつものこととは言え、なんだってアンはこうもアッシュの言動を、超絶好意的かつ肯定的《こうていてき》かつ善意的に解釈《かいしゃく》するのだろう？

しかもそれが唯一無二絶対の真実であるかのように、どうしてアンは周囲に喧伝《けんでん》せずにはいられないのかと問いたい。

「ですから、ベンやシドニー、それからノラとカラの夢を叶《かな》えて下さろうとなさいまして」

言い知れぬ敗北感に頭を抱《かか》えたアッシュを置いて、隣室ではアンの熱弁が続いている。

「……」

彼らの夢を叶えようとは思った。

だが、それはけしてあの時の彼らの行動が嬉しかったからではないのだ。

――むしろ、あんなバカをやらかされて、嬉しいと思う主人がいるわけがないと思うんですが⁉

と、アッシュは声を大にして言いたい。

アッシュが実は女王の孫だったなんて事実を彼らが知っていたならともかく、そんな事実は当のアッシュ自身でさえ知らなかった。

スコット・ローズベリー以外のローズベリー青伯爵家の人々も使用人達も、アッシュをただの異教徒だとしか思っていなかったはずだ。

――自分達が処罰《しょばつ》を受けるかもしれないのに、そんな王太孫でも青伯爵でもない、一介《いっかい》の異教徒を庇おうとするなんてバカ過ぎなんですが！

アッシュは彼らを騙して、主面《あるじづら》をしていた詐欺師《さぎし》である。

彼らは騙されたと怒ってしかるべき立場だったはずだ。

——それを一応貴族の端くれであるサイモンやオリーブ、未来のローズベリー青伯爵のナッシュに赤公爵令嬢のリアノンは、まだともかく！　後ろ盾《だて》のない一般市民に過ぎない分際で、極刑確実な異教徒の罪《つみ》の分担を申し出るなど、人生における損得計算ができないにもほどがあるだろう！

だから、アッシュは三ヵ月間王宮で雇うことで彼らに一財産作らせようとした。

自分の結婚式に関与させて、箔《はく》を付けさせることにした。

彼らが今後どんなに、どれだけバカなことをしても、なんとか最悪の事態を免《まぬが》れるだけのものを与えようと思った。ただ、それだけだ。

——それに、以前ベン達の夢を聞いて、それが叶うよう努力すると僕は彼らに言ったし。

口に出して言った言葉は、一族では絶対だ。

努力すると言った以上、アッシュには彼らの夢が叶うよう努力する義務がある。

——だから、自分は。


〝そうじゃないよ。アッシュは皆が好きなんだよ〟

長年弟のように可愛《かわい》がってきて、そして、近未来には義弟になる少年に言われた言葉が、耳に蘇《よみがえ》る。

〝それにオレや皆が、あの時アッシュを庇ったのは、ただ、アッシュが好きだったからだよ〟

「——」

自分が彼らをどう思っているかはともかく、彼らに好かれるようなことをした覚えがないアッシュには、その説は採用しがたい。

けれども、ナッシュは自信たっぷりだし、この件についてはアンもナッシュに賛同していた。


〝オレ、アッシュに、絶対叶えてもらいたいお願いがあるんだ〟

あの舞踏会の翌日、祖父であるスコット・ローズベリー青伯爵と共に王宮にやってきたナッシュは、部屋に入るなりそう言った。

〝ナッシュ〟

ナッシュの言葉に咎《とが》めるような声をあげたのは、アッシュ・ローズベリー改めアッシュ・ティンカー・オブ・アングル王太孫殿下本人ではなく、昨日彼の婚約者となったアンことアンジェリカ・ローズベリー青伯爵令嬢とその祖父だった。

身分の話をすれば、現在のところ青伯爵の孫でしかないナッシュが、王太孫であるアッシュを呼び捨てにするのは良くないのかもしれない。

部屋に入って開口一番おねだりというのも礼儀的にどうかと、あまり儀礼事に小うるさくないアッシュでも思った。

故《ゆえ》に青竜《アルバ》王国一の名家の執事として礼儀作法には人一倍詳《くわ》しかったアンが、声をあげるのも無理がない話だった。

しかし、公の場ではなく、室内にいるのは身内ばかりだったから、アッシュはそこまで堅苦《かたくる》しく振る舞う必要性を感じなかったので。

〝なんだ、ナッシュ？　何か足りない物でも？〟

と、執務机に身を乗り出して尋ねた。

我ながらナッシュには甘いと思うが、彼の母親からは死に際にくれぐれもよろしくと頼まれている。

しかもアンの実弟でもあるのだから、できるかぎりのことはしたいと思うのは当然だとアッシュは開き直っている。

〝うん、足りないことがあるんだよ〟

――足りないこと？

ナッシュは絵を描くのが好きであり、趣味であり、新進気鋭の画家でもある。

だから、〈足りないこと〉という言い回しを使うのは変だが、絵の具でも足りないのだろうかと、アッシュは首を傾《かし》げた。

スコット・ローズベリー青伯爵の実の孫であるナッシュが、絵の具の一つや二つ買えないのはおかしいのだが、〈呪《のろ》われた貧乏伯爵〉と揶揄《やゆ》されるほど零落《れいらく》した青伯爵家では、少なくとも三日前までは家人が自由に使えるお金は平均的庶民《しょみん》よりも乏《とぼ》しかった。

なぜそんなに落ちぶれたかと言うと、三十数年前、スコット・ローズベリー青伯爵が女王の隠し子たる王女を預かり、その王女を秘密裏に育てるために女王の異父姉と離婚したことに起因する。

その離婚により、彼は世間から女王への叛意《ほんい》ありと疑われた。

と言うのも、元々白竜王国《アングル》と青竜王国は、長い間、四色竜諸島《フォー・ウィルムズ》の覇権《はけん》を争っていた。故にグラディス女王に敗北し、連合王国に組み入れられて日が浅かった当時の青竜王国内には、有力貴族を旗印に、再独立を試みようとする者達が少なくなかったらしい。

そんなナーバスな時期に青竜王国随一《ずいいち》の名門伯爵家の当主が、女王の寵愛《ちょうあい》深い異父姉から離婚され、女王の宮殿を追放されたのである。

青伯爵当人の意向をよそに、青竜王国民が沸騰《ふっとう》するのも無理からぬ話だった。

青竜王国内に吹き荒れた反発の声に、自分の娘を預けた女王自身ですら、娘を人質にスコット・ローズベリーが青竜王国の国王の座を寄越せと言い出すのではないかと怯《おび》えたらしい。

それで、スコット・ローズベリーは徐々に身を持ち崩した風を装い、青竜王国民からは〈薔薇狂いの腑《ふ》抜《ぬ》け伯爵〉と呆《あき》れられるようにしたし、女王にローズベリー青伯爵家の財産を預け、叛意がないことを示したらしい。

……と、かような事情で青竜王国一の名家だったローズベリー青伯爵家は、世間から〈呪われた貧乏伯爵〉と揶揄されるまでに落ちぶれたのである。

全てが終わったあとでカクカクシカジカであったと聞かされた王宮内の貴族達の感想は〈忠臣による忠義溢《あふ》れるイイ話〉でまとまったようだ。

おそらくこれから話が広まるだろう連合王国内外での評価もほぼ同じだろうとアッシュは思う。

けれども、何も知らされずに振り回された家族にとっては迷惑以外のなにものでもなかったはずだ。

アッシュの婚約者が男の使用人として育てられたのも、ナッシュが孤児院で暮らすはめになったのも、スコット・ローズベリーが女王の子供を預からねば起こらなかったのだ。

いや、何より二人の両親は駆け落ちせずにもっと豊かに幸せに暮らせただろうし、今も存命だったろうと思う。

アッシュは両親とも和解したし、最愛のアンも手に入れた。

緑竜王国大公《プリンス・オブ・エリン》として一族の暮らしを良くし、彼らの信仰を庇護《ひご》するための権力も得た。

自分が幸せになるために必要なものは、全て余さず手に入れた。

それは、スコット・ローズベリーが己《おのれ》の家族を犠牲《ぎせい》にしても、アッシュの母を守り育てたからできたことで、つまりはアンやナッシュ、そしてその両親の犠牲があってこそのものだと思う。

だから、アッシュは婚約者であるアンへももちろんだが、ナッシュに対してもどれだけ優しくしても返しきれないほどの負債《ふさい》がある。

……というような理由から、アッシュは己がナッシュに甘いことを正当化している。

だが、こんなにも正当な理由があるのに、彼の婚約者でナッシュの実姉でもあるアンに言わせれば「ご主人様は、ナッシュに甘過ぎます！」になるらしい。

故に遠慮《えんりょ》のない実弟にアンはハラハラした様子で、アッシュとナッシュの顔を交互に見ていて。

アンとナッシュの祖父であるスコット・ローズベリーも同様に心配そうな顔をしていた。

〝何が足りない？〟

〝足りないのはね……〟

〝足りないのは、アッシュの幸せだよ〟

そうナッシュに言われた時、「何を言ってるんだ、この子は？」と、アッシュは真顔で彼の姉で自分の婚約者であるアンを振り返った。

アンも弟の発言が理解できないという顔をしていた。

〝ナッシュに心配されなくても、僕はちゃんと幸せなんですがぁぁあ〟

むしろ傍《はた》から見て、自分を不幸だと思う人がいたら驚きである。

第三者から見れば自分は、世界で最も富んだ光竜連合王国の次期国王の身分を持ち、最愛の女性と婚約したばかりの男だ。

これで幸せでないと言ったら、どれだけ贅沢者《ぜいたくもの》なのかと思う。

〝うん。ちゃんと幸せだと思うけれど、もっと幸せになっていいと思うんだよ〟

〝あ？〟

意味不明である。

もっと理論的に喋《しゃべ》れと、相手がナッシュでなければキレているところだ。

〝オレ、今までアッシュがオレのためにいっぱい我慢してくれたの、知ってる。だから、今度はオレがアッシュのために我慢してあげたいんだよ〟

……ますます意味不明である。

〝だからさ〟

アッシュの困惑顔にナッシュは両手を振り回して力説を始めた。

〝シドニーの料理が食べられなくなるのはつらいし、ベンさんみたいに面白《おもしろ》い人が御者《ぎょしゃ》じゃなくなるのは嫌だし、カラやノラ達がいなくなるのはオレもリアノンも凄《すご》く淋《さみ》しいと思うけれど、アッシュが緑竜王国《エリン》で皆と幸せに暮らしてくれるなら、オレ、いくらでも我慢するよ？　と言うか、我慢させて下さい。だってオレ、アッシュのためにできること、これくらいしか思いつかないんだ……〟

もう十六歳になったというのに相変わらず涙腺が弱いナッシュの肩を叩いて、スコット・ローズベリーがアッシュ達を見る。

〝ぼくもナッシュの考えに賛成しています。ずっと長らく忠義をもって当家に仕えてくれた大事な宝物のような者達です。彼らが望むなら終世当家で面倒を見ます。ですが、彼らもきっとぼくより殿下に仕えたいと思うのではないでしょうか？〟

そうスコット・ローズベリーにまで言われても、アッシュは半信半疑だった。

〝どう考えても、これから栄える一方のローズベリー青伯爵家の使用人でいるほうが、あいつらは幸せだと思う。僕が行くのは異教徒の町で、しかも、中央王都《ロンディニウム》よりずっと見窄《みすぼ》らしい田舎町《いなかまち》だ〟

アッシュが記憶している緑竜王国の王都は、中央王都の何十分の一だか判らないほど小さく貧しい町だ。

最後に町を見てから十年以上経過しているが、あの頃より豊かになったとの話は聞こえてこない。

〝ですが、彼らはあなたのことをぼくよりもずっと敬愛しています。そうでなければ、あの裁判の時、一介の異教徒に過ぎなかったあなたを、彼らがどうして庇うでしょうか？〟

〝……〟

二十一年ほどしか生きていないが、その大半をアッシュは、巣のない鳥のような暮らしをしてきた。

帰るべき家がない。

戻るべき場所がない。

一族と共に一箇所《いっかしょ》に留まることのない旅暮らしをしてきた頃はもちろん、福音《エワンゲリウム》教教会の孤児院で暮らしていた時も、アッシュはずっと己を巣がない鳥のようだと思っていた。

結局のところ異教徒である自分は、福音教徒の国にいてはいけない者のように思えたのだ。

その頃は、信じられる相手はナッシュしかいなかった。

異教徒である自分を、異教徒と知ってなお受け入れてくれる福音教徒なんて、幼い頃から面倒を見てきたナッシュだけだと思っていたから。

――なのに、アンに感化されたのか、ベンもシドニーもカラもノラも……サイモンやオリーブ、リアノンまで、僕を庇おうとしてくれるんだから……本当に、バカ過ぎる。

あの時は、彼らがあまりにもバカ過ぎて涙が出そうになったくらいだ。

――もっと要領よく生きればいいのに。

それができないから、ベン達は〈呪われた貧乏伯爵〉家に最後まで残るはめになってしまったのかもしれない。

あんなバカ過ぎる人間は、この世界にそう沢山《たくさん》はいないだろう。

その数少ない……つまりは大変貴重な、アッシュにとって誰よりも信じられる者達を、ナッシュ達に言われるまでもなく、本当は可能ならばずっと傍《そば》に置きたかった。

故郷を離れるアンも、長らく家族同然に暮らしてきた彼らが一緒に来てくれたら、とても喜ぶだろうとも思った。

些細《ささい》なことでも星か月でも貰《もら》ったかのように喜べるアンだから、彼女を喜ばせるのはあまり難しくない。

だが、彼らを連れて行くこと以上の贈り物は、アッシュには思いつかなかった。

しかし、そうは言っても小竜島《リトル・ウィルム》は異教徒の地である。

「……ローズベリー青伯爵家は以前とは違って豊かだし、貧困時代も逃げずに勤めたあんた達をスコット卿《きょう》は高く評価している。僕が当主だった頃より、断然勤めやすい職場だ。あるいは、あんた達はこの三ヵ月、王宮で一財産稼《かせ》ぐだろうから、それを元手に商売を始めることだって可能だろう。王太孫の婚礼に関与した実績《じっせき》があれば何か店を始めるにしろ、より良い条件の大貴族に仕えるにしろ、このまま女王陛下の王宮で働くにしろ、道は選び放題だ」

あんた達が何をどう選ぼうと自由だと、アッシュは彼らに告げた。

華やかな都会である中央王都から比べれば、小竜島の緑竜王都《ファーセット》は貧しく小さな街で。

普通に福音教徒である彼らに、いくらでもある好条件の職場を捨てて、故郷を遠く離れた片田舎の異教徒の街に一緒に来てくれとはどうしても頼みづらかったのだ。

「ご主人様の仰《おっしゃ》るように皆さん、中央王都でもっといい条件の働き口がたくさんあると思うのです。それでも、緑竜王国へ一緒に来てもらえたら、私もご主人様も」

「カラは！　カラは、アン様達と一緒に行くのですよ！」

だから、四人の中で一番小さい女の子がアンの言葉を遮《さえぎ》ってまで真っ先に声をあげた時、アッシュは心底驚いた。

「ノラもです！　ノラも、もちろん行きます！　アン様とご主人様……じゃなかった、王太孫殿下のメイドになれるのなら、どこへでも行くのです！」

「あー、あのー、殿下がもし自分を雇ってもいいと仰るのなら、ぜひ」

「行く……一緒に」

四人はあの裁判の時のように、張り切った様子で手を上げてくれた。

そうして、四人の反応にアンがこれ以上ないくらい嬉しそうに、

「来年の〈聖ブリードの日〉には、皆に何を用意したらいいんでしょうね？」

と、微笑んでアッシュを振り返った。

今回彼らの最大の夢を一通り叶えることができそうなアッシュにとっても、一番の夢が叶った直後の使用人達にとっても、それはとてつもない難問になりそうだと、アッシュは苦笑した。

しかし、その難問は同時にきっととてつもなく幸せな難問になるだろうと、星を仰《あお》がなくてもアッシュは予見できた。

『本物の青い薔薇《ばら》を持ってきて下さったら、妻になりましょう』

当時、世界中で最も豊かで美しい大国として知られていた光竜連合王国《グロリアス・ウィルムズ》の女王グラディスがそんなことを言い始めたのは、今から二百年は昔の話である。

以来、光竜連合王国の国民はもちろん、かの連合王国の国王を夢見る国内外の野心家達にとって、青い薔薇は特別な花になった。

青い薔薇を生み出そうと様々な国の王や貴族達は園芸家や錬金術師《れんきんじゅつし》を雇い、研究を続けたが、青い薔薇を生み出すことは叶《かな》わなかった。

だから、当時の人々は青い薔薇の花言葉を〈叶わぬ夢〉と定めた。

しかし、女王グラディスが求めていた〈青い薔薇〉は、本当は青い色の薔薇の花ではなく、女王の娘のことを指していた。

長らく行方《ゆくえ》不明だった王女が見つかり、その息子つまり女王グラディスの孫息子が王太孫殿下となると、貴族から平民までもが彼のことを〈青薔薇殿下〉、彼が国王に即位してからは〈青薔薇陛下〉と呼ぶようになった。

そう呼ばれるようになった理由は諸説《しょせつ》あるが『彼が青い薔薇のように美しく、そして、青い薔薇のように得がたい主君だったから』と言うのが、現在一番有力な説だ。

そしてまた、彼が王太孫兼緑竜王国《エリン》国王代理としてかの国に赴《おもむ》き、貧しかった緑竜王国を連合王国内で最も豊かな土地に変えた頃には、青い薔薇の花言葉は別の言葉に変化していたらしい。

彼の時代から青い薔薇の花言葉は、〈夢は叶う〉に変わったと言う。

完璧な大団円、しかしてその後の百花繚乱は

「一族の結婚式は、花嫁《はなよめ》を攫《さら》うところから始まるのよね」

と、光竜連合王国《グロリアス・ウィルムズ》のプリムローズ王女殿下にして緑竜《エリン》の一族の現族長夫人でもあるローザ・ティンカーは、午餐会《ごさんかい》の席で真向かいに座る息子アッシュとその婚約者の――なぜか男装している――青伯爵令嬢アンジェリカに向かって言った。

彼女の息子が光竜連合王国の王太孫として国の内外にお披露目《ひろめ》され、アンとの婚約が決まり、女王グラディスが緑竜の一族と和解したその翌日のことである。

「ああ？」

さっきまで幸せの絶頂といった感じで婚約者と談笑していた息子は、一転今まさにプリムローズを拳銃《けんじゅう》で撃ち抜きかねないくらい凶悪《きょうあく》な視線を向けてきた。

そして、それとは対照的に。

「あ、あのっ！　それは私がご主人様に攫《さら》われないと一族の皆様に認められるような結婚は行えないと言うことでしょうか？」

プリムローズは息子の解りやすい反応より、息子の婚約者のすこぶる真顔な質問に面食らった。

――まあ、アッシュと違って、意地悪の言い甲斐《がい》のない子だこと。

自分と隣に座る一応夫であるオウァインとの結婚と違って、あまりにも幸せそうで温かい結婚生活と光り輝く未来しか用意されていないような二人に、ちょっと水を差したくなっての発言だった。

それがまさかこんな反応をされるとは。

攫うって、どこから？　ってか、誰から？　誰から攫うんだよ、僕が、アンを？　――そんな空耳が聞こえそうなくらいムッとした顔の息子と、真剣にプリムローズにお伺《うかが》いを立てているアンの様子の対比がおかしくて、プリムローズはにっこり微笑《ほほえ》んだ。それから。

――ヒースお兄様とセシリアの娘だから、この娘も福音《エワンゲリウム》教徒よね……。

一族の族長の息子として生まれ、一族の祭祀《さいし》たる〈星見〉達に育てられたのに、アッシュはどうして福音教徒のこの娘を選べたのだろうかと、疑問に思う。

だが、アンを改めて見て、愚問《ぐもん》だと自嘲《じちょう》した。アンは美しい娘だ。容姿だけでなく、心根も美しい。福音教徒であっても異教徒たる一族にも分け隔《へだ》てない優しさを示せるほど。そして何より性質が素直で愛らしい……。

――あたくしが、この子のようであったならば、あるいは。

今、己《おのれ》の右側に座る夫と自分の関係は違ったのだろうかと、プリムローズは詮《せん》のないことを考えてしまう。

自分があのような暗く重い子供時代を強《し》いられなければ、あるいは、と、スコット・ローズベリーの柔和《にゅうわ》だが意志の強そうな顔を眺《なが》める。

スコット・ローズベリーの愛人の娘ということになっていたプリムローズは、ローズベリー家の恥ずべき汚点《おてん》として別邸《べってい》で隠し育てられていた。

ローズベリー青伯爵家で過ごした十六年の月日の中、スコット・ローズベリーは彼女をただの一度も愛《いと》しい娘としては扱《あつか》わなかった。否《いな》。むしろ粗略にした。

彼はそうやって周囲を欺《あざむ》いたのだ。プリムローズが女王の娘だとけして推測されることがないように、彼女を護《まも》るためにあえて愛人の娘を嫌々ながら引き取った体《てい》を作ったのだと、今なら解る。

また、母代わりに厳格《げんかく》な修道女をプリムローズの側《そば》に置いた理由も、今は理解できた。

いつか光竜連合王国を統《す》べるやもしれぬ女王の一人娘を、福音教徒にしないという選択肢《し》が女王の忠臣にはなかったのだと。

しかし、当時はそんなことなど知らないから、父親からも愛されず、福音教徒の道徳観念では許されない恥ずべき非摘出子《ひちゃくしゅつし》で、青伯爵家が没落《ぼつらく》した起因として使用人達からさえも冷たく扱われるのが、ただただ耐えがたく、苦しかった。

結婚してからは、己が偉大な〈妖術使い《ドルイド》〉の娘なのに妖術も使えなければ精霊も見ることができない、しかも一族の……夫の信仰を心の底から理解することのできない福音教徒であることが、つらかった。

生まれ落ちた時から夫に攫われ一族のもとへ連れてこられるまでの十六年間、修道女の監督下で聖書と賛美歌だけを繰り返し読み、歌うような日々を送ってきたのだ。そんな娘に、一族の神々、一族が信奉《しんぽう》する四種の精霊、特に夫が使役《しえき》する〈風《ギィー》〉の精霊を理解することが、どんなに大変だったか。

「あ、あの、プリムローズ様？」

「……一族の結婚式は」

我に返ったプリムローズがアンへの返答を考えている間に、なぜか彼女の夫が口を開いた。

「花嫁を攫うところから始まると言うが、花嫁が了承しなければ攫ったりはしない。……少なくとも吾《われ》は了承を得た」

——了承？

プリムローズの意識は、アンから夫へ飛んだ。

遙《はる》か昔、敵国の王女に恋をした男が、ある夜、敵の城に忍び込んで王女を攫って結婚した。

その二人の間に生まれた子供は神々と並ぶほどの〈妖術使い〉となった。

そんな伝説が一族にはあって、これはおそらくそこから生まれた風習だ。

強い〈妖術使い〉は攫ってきた花嫁から生まれる。

福音教徒の目から見れば犯罪めいた、迷信じみた伝統だろう。

ただ、攫うと言っても、基本は花嫁にも彼女の親にも話はつけてある。

深夜、花婿がこっそり花嫁の家や天幕を訪れ、彼女を連れ出すという形式的な誘拐《ゆうかい》だ。

だから、攫って一夜明けたあとは、双方の家族や親族が集まって祝福の宴《うたげ》を張る。

とは言え、中には親の反対を押し切る駆け落ち組や、親どころか花嫁の了承さえ得ずに勝手に攫いに来た犯罪者もいる。

「……花嫁の了承を得るものと言うけれども」

プリムローズは隣の席の夫をあえて見ず、真正面の席の息子を睨《にら》みつけて言った。夫とまったく似ていない顔を持ち、〈妖術使い〉の才能を欠片《かけら》も持たなかった息子は、長いことプリムローズの哀《かな》しみの素《もと》だった。

「あたくしの場合は、自分に付いてローズベリー青伯爵家の屋敷を出て行くかとしか尋《たず》ねられなかったわ。そして、あたくしは屋敷の外に出たかったから、頷いただけですし」

プリムローズは己の唇から言葉が零《こぼ》れ落《お》ちるたびに、夫との間の空気がピリピリしていくのを感じた。

──何よ？　あたくしが嘘を言っているとでも？

百歩譲《ゆず》って攫われることには了承したかも知れない。あの地下牢《ろう》みたいな部屋を出たかったから。

──でも、それが求婚の了承だなんて！　一族では常識だったかも知れないけれど、あたくしはあなたと結婚するまで敬虔《けいけん》な福音教徒だったんだから、そんなこと、知るよしもないでしょう⁉

自分達の結婚は、まったく騙《だま》し討《う》ちのような結婚だったと思うのだ。

──もう少し順序を踏んでくれれば、あたくしだって。

目の前のお日様みたいな娘のように、なれたのかもしれない。たとえ福音教徒の母を持ち、福音教徒として育てられていても。

「……」

「……」

お互いチラリとも相手の顔を見ず、固定されたかのように真正面の相手──息子とその婚約者──を見据《みす》えるプリムローズとその夫に、場の人々も敵陣《てきじん》を前にした兵士のように息を殺して黙り込んだ。

……少なくともアン以外は。

「申し訳ございません、プリムローズ殿下！」

唐突に立ち上がって、もうすぐプリムローズの義理の娘になるアンはなぜか謝った。

「愚鈍《ぐどん》な私には殿下が仰《おっしゃ》りたいことが解りかねまして、結局、私はご主人様に攫われないといけないのでしょうか？」

「！」

速攻で彼女の婚約者が歯を剝《む》いた。

だから！　いったいどこの誰から、あんたを攫うんだよ、僕が⁉　――そんな声が聞こえてきそうな顔をしている。

プリムローズはそんな息子とアンを微笑ましく思う。座ってと手振りで示し、アンを座らせてから。

「あたくしがアン、福音教徒のあなたに言いたいのは、異教徒たる一族に嫁《とつ》ぐのは難しいということよ。福音教徒なら、結婚式が花嫁を攫うところから始まるなんて、ありえないことでしょう？　こんなにも根本的なものの考え方が違うんですもの」

「ああ、確かに異教徒との婚姻《こんいん》は難しいのかも知れぬ。吾も、吾に付いていくと聖誓《ギヤサ》された相手から、二十年以上も話が違うと言われるとは思いもしなかった」

プリムローズの言葉に被《かぶ》せるように夫が言う。

プリムローズの斜《なな》め前《まえ》の席に座る伯母《おば》のケント白公爵夫人が一瞬、天を仰《あお》いだ。

この場は女王グラディスの王太孫の婚約と、女王グラディスら光竜連合王国内の福音教徒と長年対立していた緑竜の一族との和解という二つの慶事《けいじ》を祝う午餐会の場である。

くどいようだが、光竜連合王国の女王グラディスが主催し、緑竜の一族の族長であり女王の娘婿であるオウァインを主賓《しゅひん》に招いた祝賀の会なのである。

その場で和解の象徴《しょうちょう》の一つである族長オウァインとプリムローズ王女夫妻が、こんなに和解ムードぶち壊しの会話をするとは、白公爵夫人が天を仰ぐ気持ちも解る。

救いは、ここにいるのは女王の身内と個人的な友人達ばかりで、政府関係者はケント白公爵夫人その人くらいと言うことか（一応ケント白公爵夫人もアンの祖母で、プリムローズの伯母なのだから身内と言えば身内なのだが）。

「青竜《アルバ》王国や白竜《アングル》王国で私が学んだ仕来《しきた》りや礼儀作法は、緑竜王国では役に立たないということですね？　これから、ご主人様に教わって緑竜王国式にしっかり馴染んでいきたいと思います。畏《おそ》れ多いことですが、プリムローズ王女殿下やオウァイン様にも、私の至らぬところに気づかれましたらご指導ご鞭撻《べんたつ》を頂《いただ》きたくお願い申し上げます！」

ある意味、いかなる空気も読まない――あるいは完璧《かんぺき》に空気を読み切っているからこそなのか？

――アンが熱心に言って、またまた深々と頭を下げた。

プリムローズの口元が綻《ほころ》ぶ。この娘が居《い》る場所では、不機嫌を保つのはどうにも難しい。

「何もかも燃え尽きたあとの〈灰《アッシュ》〉。お前は良き娘を花嫁に選んだ。男の格好をしているのは頂けないが、それ以外は異教徒であろうとも、お前の妻としてこれ以上の娘はあるまい」

息子と同じく不機嫌そうな話し方が通常の、夫の声が柔《やわ》らかい。夫もプリムローズと同じくアンの魔法にかかっているようだ。だが、それはプリムローズにとっては癪《しゃく》に障《さわ》ることだ。

「父親の花嫁とは違って？　――そう言いたいのかしら？」

相手の顔を見もしないで言い放つと。

「そんなことはないですよね、オウァイン様？」

夫が何か言い返す前に、アンがあの善意の塊《かたまり》のような笑顔で口を挟《はさ》んだ。

「先ほどプリムローズ殿下は、殿下と同じく緑竜の一族に嫁ぐ青竜王国人の私に助言を下さいました」

先刻から異教徒という蔑称《べっしょう》をけして使わないアンの聡明《そうめい》さに、プリムローズは心の中で感嘆《かんたん》した。

「一族のことを学ばれて、青竜王国や白竜王国との相違点をよく理解されていなければ、プリムローズ殿下は私に助言などできないと思います。さすがはオウァイン族長様の奥方様でいらっしゃいます。族長様も奥方様を自慢にお思いでしょう？」

ニコニコと悪意の欠片《かけら》もない満面の笑みで尋ねられて、一瞬、夫は言葉に詰まったようだ。

数秒後、空咳《からぜき》を一つして。

「……一族の元に吾がローザを連れ帰った時、皆がその美貌《びぼう》に驚き、ひれ伏したのは事実だ。そして……そう。ローザは、よく一族のことを学んだ。プリムローズは白竜王国的過ぎると言う者がいれば、名前を躊躇《ためら》いなくローザに変えた。生まれてきた息子が一族の期待に反して〈妖術使い〉の能力を持っていないと解った時、いち早く〈火に浄化された者〉の名を授けた。一族の仕来りをよくよく理解していなければ、吾の息子は違う名前を付けられ、不浄な存在として扱われただろう」

――気づいて、いたの……。

何もかも燃え尽きたあとの〈灰《アッシュ》〉。

何の役にも立たない塵《ちり》。

彼女の息子は一族の者達からそう呼ばれてきた。一族の者達は本人も含め、その名は子供を嫌ったがゆえに与えたと取ったようだが、プリムローズにとっては我が子への精一杯の祝福だった。〈灰〉は何の役にも立たない塵である反面、火に浄化されたあとに残るもの。

だから、その名を持てば神々の祝福を得ていないと一族の者は言うことができないと、誰に聞いたのかどこで学んだのか。プリムローズは覚えていない。

けれども、難産の末に産んだ子供に、期待された〈妖術使い〉としての才能もエフラムの生まれ変わりらしいところも何もないと断言された瞬間、彼女は息子の名前を〈灰〉とした。息子だけでも〈祝福されぬ異教徒〉扱いから逃《のが》れられるようにしたかったのだ。

己《おの》が手で育てず、〈星見〉達に預けたのも、元福音教徒の母が育てるより、彼が真っ当な一族の人間に育つだろうと思ったからだ。

二つの宗教の間で途方に暮れるのは自分だけでたくさんだと。

――あたくしがセシリアを救ったことで、結局、アッシュは福音教徒に触れることになったけれど。

ある町で偶然セシリアに再会した時、彼女は重い竜喘《ウィルムズ・アズマ》息持ちの赤子を抱《かか》え、途方に暮れていた。異母兄――実際は従兄妹《いとこ》だったわけだが――ヒースと、青伯爵家のメイドだったセシリアは、プリムローズにとって数少ない親しい存在だった。ローズベリー青伯爵家では誰も彼も彼女に冷たかったが、ヒースとセシリア、それから幼いキアヌスだけが、彼女に優しかったのだ。

そのセシリアがヒースの遺児《いじ》を抱えて困窮《こんきゅう》しているのを、プリムローズは捨てておけなかった。たまたま腰を悪くしていた義姉――〈星見長〉でもある――の看護人にちょうどいいでしょうと、なかば強引にセシリア親子を一族の馬車に乗せた時、それが息子の運命を大きく変えるとは〈星見〉ではない彼女は、思ってもみなかった。

「吾はローザに……プリムローズに、吾ら一族と同化することを望んだ。エフラム様の娘御《ご》ならば一族の娘。頭の天辺《てっぺん》から足の先、心の奥底まで一族の人間になるのが正しいことだと思った。だが、一族の父親を持つ娘であろうとも、福音教徒の母親から生まれ、福音教徒として育ち、福音教徒としての考えが染みついた者にとって、一族の考えや仕来りを強いることが、どれほど酷《むご》いことであったか、気がついた時にはプリムローズは笑わない女になっていた」

この午餐の間で、初めてプリムローズは夫のほうを向いた。

「初めて逢《あ》った時は、吾のことをお伽話《とぎばなし》の魔法使いのようだと、幼子のように目を丸くして嬉しそうに笑っていたのにな」

十六歳だった。自分も、相手も。

極彩色《ごくさいしき》の布を幾重《いくえ》にも重ねて、頭や体を覆《おお》った見たこともない格好をした少年は、まったく魔法のように彼女の前に現れた。こちらも微笑まずにはいられないくらい、嬉しそうな笑みを浮かべて。

「――それを言うならば、あなたも今の百倍は陽気だったわ。冗談ばかり言って、あたくし、お腹が痛くなるほど笑ったのは生まれて初めてだった」

明るく派手な色彩を好み、よく笑い、面白い歌や愉快《ゆかい》な歌を一晩中でも歌い続けるような闊達《かったつ》なあの少年は、いったいいつの間にいなくなったのか。

色とりどりの布を身に纏《まと》っても、闇《やみ》に溶けそうな暗さを夫はいつの間に身に付けたのか。

――この人が最後に歌ったのは、いつだったかしら……？

「ああ、つまり、お二人は初めて出逢った時から、惹《ひ》かれ合《あ》っていらしたのですね！」

「！」

プリムローズは夫に向けていた顔ごとアンを見遣《みや》った。

「残念ながら、この人はあたくしが伝説的な〈妖術使い〉エフラムの娘だから、攫ったのよ」

「そして、この女は幽閉《ゆうへい》の身から解放してくれる男なら誰でも良かったのだ」

プリムローズも夫も即座にアンの言葉を否定した。

――ええ、そうでしょうとも。

夫がアンの言葉を否定し、プリムローズの言葉を否定しないことにプリムローズは己のことは棚に上げてむくれた。

――あなたは、あたくしがただただ偉大なるエフラムの娘だから、攫ったのよね。

けれども、アンは不機嫌そのものの近未来の義理の両親を前に臆《おく》することなく、例のごとくお日様みたいに明るい笑顔で。

「そうなんですか？　私はお二人のお話を聞いていると、オウァイン様はエフラム様のお嬢様がプリムローズ殿下でなければ、一族の元に殿下を連れ帰っても結婚はなさらなかったように感じました」

「――」

「プリムローズ殿下も攫いにきた相手がオウァイン様でなければ、付いていかれなかったのではないですか？」

――そんなこと、ある……のかしら……？

プリムローズも夫も、今度は即座に反応できず黙り込んだ。

「へっ、えぇぇぇぇ――――――」

と、そんな生ける石像と化した両親に、息子が最近口癖《くちぐせ》にしている合いの手を入れて。

「ってことはつまり、プリムローズ王女殿下は、初めて逢った少年にホイホイついていくような頭の残念な女の子で、オウァイン族長はオウァイン族長で、両親や長老達に言われたらどんな相手でも嫁に迎えると言う、操り人形みたいな男だったと言うことですかぁああ――――――？」

ニヤニヤと人をイラつかせる表情と語尾を極端に伸ばす人を小馬鹿にしたような口調で言った。

「違うわよ！」

「違う！」

息子からの侮辱《ぶべつ》に、プリムローズも夫もテーブルを叩かんばかりの勢いでほとんど反射的に否定した。

「いくら幽閉されていて外に出たかったとしても、連れ出してくれる相手はちゃんと見極めてから付いていくくらいの知恵はあったわよ！」

「いくらエフラム様の娘御であろうとも、祝福されぬ異教徒達に育てられた娘を、長老らに命じられたという理由だけで、どうして娶《めと》れようか！」

二人とも怒りのまま息子に叫び返して。

「……」

「……」

それから己の耳を疑うような顔つきで、お互いの顔を見合わせた。

そうして、そのまま、微動だにせず何十秒も見詰め合う。

夫を凝視《ぎょうし》するプリムローズの視界の端に、ふと息子がニヤニヤした笑いを必死に噛み殺そうとしているのが入った。

――あ、あの子ったら……！

息子にまんまと嵌《は》められたのが悔しく、これは何か意趣返しをしないと気が収まらないわと、プリムローズは思った。

思ったが、今は何はさておき夫と向き合うことが先決だった。今なら十六歳で夫と初めて逢った時から、時間を巻き戻せそうだったから。

アッシュの母プリムローズが一族の風習に則《のっと》った式を提案（？）したけれども、結局、アンとアッシュの結婚式は、福音《エワンゲリウム》教の伝統に則った挙式となった。

なんと言っても光竜連合王国《グロリアス・ウィルムズ》は福音教の国である。

その内面がどうあれ、そんな連合王国の王太孫であるアッシュは対外的には福音教徒であったから、敬虔《けいけん》な福音教徒らしく、そして王族の結婚式に相応《ふさわ》しく由緒《ゆいしょ》正しい福音教の教会で行われた。

ただ、王族の普通の結婚とは異なる点がいくつかあった。

例えば通常は婚礼後に行われる婚礼披露《ひろう》の晩餐会《ばんさんかい》は、婚礼前夜に行われた。

これは、緑竜王国大公《プリンス・オブ・エリン》の称号を与えられたアッシュが、一刻も早く彼《か》の地に赴《おもむ》くべく、婚礼当日の内に中央王都を流れるイシス河から船に乗って旅立つことになったためである。

ちなみにローズベリー青伯爵家の元使用人達は、料理人のシドニーが結婚式に参列できるようアッシュが婚礼披露の晩餐会を婚礼前夜にしたのだろうと推察していたが、真実のところは解らない。

それはともかく、そういうわけで婚礼の夜、アッシュとアンは船上に居《い》た。夕方、中央王都を旅立った船はイシス河から海へ出て、明朝には小竜島《リトル・ウィルム》つまり緑竜王国に到着するはずである。

乗船して一刻も経《た》たぬうちに、今回の名誉ある御座所船《ござしょぶね》に選ばれたセイン号の船長が、王宮のものと比較すれば格段に落ちるが、かつてのローズベリー青伯爵家の夕飯よりは遙《はる》かに皿数の多い晩餐会を張り切って主催してくれた。

その晩餐会には、アッシュと共に緑竜王国へ赴く官僚達や彼らの家族が招かれた。

そこでアッシュは己の片腕に据《す》える予定のサイモン・ランズダウンと、彼の隣の席にその妻だか元妻だか微妙な状態になっているオリーブの顔を確認して、少しばかりホッとした。

アンの従姉妹叔母《いとこおば》にあたる彼女は、アンにとっては姉のような存在である。

それにサイモンにとっては、なんだかんだ言っても恋女房なようで、出て行かれてから一年以上経《た》つのに正式な離婚届を出すのを躊躇《ためら》い続けているのを知っていた。

故《ゆえ》にできれば一緒に来てほしいと何度か誘ったのだが、アッシュのことを嫌っている彼女は頷いてくれなかったのである。

サイモンかアンかローズベリー青伯爵家の誰かが頑《かたく》なな彼女を陥落《かんらく》してくれることを祈りつつ、彼女の分の乗船切符を用意していた甲斐《かい》があったようだ。

——仲直りしたにしては、隣同士に座っておいて一言も話していなさそうなのが気になるが。

一緒に海を渡るのだから、アッシュの両親達のように二十年以上も両片思いするほど愚《おろ》かではないだろう。少なくともオリーブ・ローズベリーまたはサイモン・ランズダウン夫人は、バカではない。

そう思ったし、アッシュは晩餐会の場でも、ここ数年不作続きで国土全体が疲弊《ひへい》した緑竜王国に施《ほどこ》す政策について、共に緑竜王国に赴く官僚達と話し合ったり、指示を出したりしなくてはいけなかった。

だから、アッシュはオリーブ達のことは棚上げにした。

それがあとからややこしい事態を招くとは思いもせずに。

緑竜王国大公として明朝までに終わらせなければいけない仕事を片付けて、アッシュが自分達の船室に戻ると、先に部屋に戻っていた——と言うか、女官達に連れ戻されていた——アンが腰掛けていたベッドからバネ人形みたいに跳ね起きた。

簡素なデザインながら高価なレースがふんだんに使われた真っ白なドレスから、最上級のレースより白い裸の足首が覗いている。

「ご主人様……！」

ご主人様と執事として、同じ屋根の下で一年ほど。

そして婚約者として三ヵ月ほど同じ宮殿の中で暮らしたが、アンの素足《すあし》を見るのは初めてだった。

執事の格好の時に履《は》いていた革靴《かわぐつ》や、従者の格好の時に履いていた長靴は大きめの物だったようだ。

予想よりもさらに細い足首、形の良いくるぶし。自分と比較して明らかに小さく、華奢《きゃしゃ》な足の指先に桜貝のような綺麗な爪《つめ》が並んでいる……。

「……」

こういう風に足下ばかり観察してしまうのは、とどのつまりアッシュとしてもなんとも気恥ずかしく、顔を上げてアンの顔をまともに見ることができなかったからである。

部屋に入った時に見たアンは、髪を下ろしていた。

アンは赤みがかった金髪を執事時代は首の後ろで一つに纏《まと》めて三つ編みにしていたし、本日の結婚式やここ数日の女装姿——という言い方も変だが——の時は、結い上げていた。

けれども、今は結い上げたり纏めたりせず、そのまま背中に下ろし、波立たせている。綺麗に洗って、千回も梳《くしけず》ったような髪は、磨《みが》き上《あ》げられた本物の黄金みたいだ。

それが凄《すご》く新鮮と言うか、アッシュの目に眩《まばゆ》く映《うつ》った。

ほぼ一年、〈ご主人様〉と〈執事〉という関係だった。

それが〈婚約者〉になって、今日からは〈妻〉だ。

一年前、一族の〈星見〉の誰かがアッシュの星を見て、「一年後にお前は福音教徒の娘を妻にするだろう」なんて託宣《たくせん》をしても、絶対にアッシュは信じなかったと思う。

「——あのっ！」

そんなことを考えていたらアンがアッシュの前に立ち、なぜだか決死の表情を浮かべて口を開いた。

婚礼当夜の花嫁の顔らしくないことこの上ない、生死がかかっていそうなほどの真剣な表情である。

「な、何だ？」

何事かと思わず心の中で身構えれば。

「じじ、実は私はっ！　何分にもこういうことは初めてでして！　今夜、何かご主人様に対して、とてつもない失敗をしでかすんじゃないかと……」

「…………………………………あ？」

言われた内容があまりにも、あまりにも途方もなく斜《なな》め上だったので、アッシュは一瞬固まった。たいていの案件なら無意識のレベルで繰り出せる得意技の「へっ、えぇぇぇ――――!」からの皮肉も、この時ばかりは何も思いつかなかった。いやはや、こんなことを結婚当日に花嫁から言われて平然と切り返せる花婿《はなむこ》がいたらお目にかかりたいものである。

「……………………初めて、なんだ?」

部屋の時計の秒針が一周半ほど回ったあと、ようやくアッシュは切り返しの言葉を言った。

「はい!」

アンはいつものようにハキハキと返事をする。

そのことは一点の曇《くも》りもない事実のようで、アッシュにとっては間違いなく歓迎すべき幸いな事実なのだが。

「本当に申し訳ございません。経験不足で至らないかと思いますが……」

アンにとってはなぜかそれは汚点《おてん》らしい。

まったく理解できないが、なぜなんだか恥ずべきことらしい。

――いやいやいや。

アッシュは額を押さえた。

確かにこれが執事業務内の事柄《ことがら》ならば「私はありとあらゆる経験を積んでいて、どんなことにでも対応できます」と胸を張って言うのは素晴らしいことだろうし、逆に「何分にも初めてのことでございまして」と言い訳せざるをえない案件があるならば執事としては恥じるべきことだろう。

が、執事と花嫁の業務（？）は異なる。

それはもう、ぜんぜん異なる。

故に、同じ台詞《セリフ》を花嫁が言うのはおかしい。

おかしいというよりまずい。特に花婿がただの男ではなくて、光竜連合王国の王太孫殿下となれば、家庭内問題どころか政治問題にまで発展してしまう。

――執事思考、なのかな……？

アンは女の子だった時間より、従者や執事だった時間が長い。それこそ今までの人生の大半が男として使用人として生きてきている。

――だからって、初めてで申し訳ないなんて言われるとは思わなかったな。

と、アッシュは真っ赤になって俯《うつむ》いている己の花嫁を呆れながらマジマジと見詰めた。それから。

「――ってか、むしろあんたがこういうことに経験を積んでたら、僕は逆に吃驚《びっくり》なんですがぁ？」

「え？」

アンは俯いていた顔を上げた。

「今日、結婚したばかりの花嫁に、色事の経験は豊富なので安心して下さいとか言われて喜ぶ花婿がどこの世界にいるのか、知りたいですねぇえええ――――!?」

いつもの調子でアッシュが皮肉を放てば、アンはパチパチと長い睫《まつげ》が音を立てるほど瞬《しばたた》いて、数秒沈黙した。そして。

「あ！　あ！　あ！　……そ、そ、そうですね……」

ようやく理解したのか、アンは見る見る間にすでに赤かった顔と言わず、白い夜着から覗く手のひらや指の先まで染料でも使ったかのように真っ赤に染めあげた。

そんなアンを見て、アッシュの胸の奥から笑いがどんどんこみ上げてくる。アッシュがアンに出逢うまで経験したことも想像したこともないような、幸せな笑いだ。

「ま、あぁ？　僕も初心者だから、あんたがどんな大失敗をしても解らないと思うよ」

安心させるつもりで言った。

「えっ⁉　ご、ご主人様が初心者ってどういうことですか⁉」

が、これまたなぜか驚かれた。

「……僕が初心者だと問題でも？」

経験者じゃないとバカにされるような風潮《ふうちょう》が男共にあるのは知っているが、まさか自分の花嫁にひかれるとは思わなかった。

――僕があんた以外の女と何かあっても、気にしないと？

アッシュがあからさまに不機嫌な顔をしたので、アンの視線が泳いだ。

「……あの、その、ご主人様は……いつも、その、たくさんのご令嬢方やご夫人方に秋波《しゅうは》を送られていましたので……」

「だから？」

「その、わ、私の知る伯爵閣下《かっか》とか公爵閣下は、あの、その、……」

困窮《こんきゅう》するローズベリー青伯爵家を建て直している間、アッシュから見れば頭空《から》っぽとしか言えない令嬢とか肉食獣のような有閑夫人《ゆうかん》らに、言い寄られたことは確かに数知れずあった。そういう据《す》え膳《ぜん》は美味《おい》しく頂くのが光竜連合王国の男性貴族の嗜《たしな》みだというのは、アッシュも知っている。

アンが名門貴族の執事ならば、そういうことを否定的に捉えないのも解らなくもない。が。

「へっ、ええええええ――――――！」

アッシュは低い声で吠《ほ》えた。

だが、しかし、自分達は最早《もはや》〈ご主人様〉と〈執事〉ではないわけで！

アッシュとしては、アンのこの妙に頭に染みついているらしい執事思考もいい加減にしてほしいところだ。

「なんで僕が、あんたがいるのに好きでもない女とアレコレしないといけないのさ？」

あのケバい女共と何事かあったと思われていたとしたら、アッシュとしては看過《かんか》できないほど心外である。大大大《だいだいだい》侮辱《ぶじょく》だ。

アッシュはムッとしたまま、やや乱暴にアンを抱き締めた。

「僕がこんな風に抱き締めたり、キスしたりするのは、これまでも、そしてこれからも、ずっとあなただけですが、それで何か問題でもあるんですかぁああ？」

「いいえ！」

アッシュの腕の中で、彼の花嫁はとんでもないと首を振った。

「まったく……まったく問題ございません、ご主人様！」

そう満面の笑みで花嫁から抱き締め返されて一件落着……のはずだったが。


「ちょっと、アッシュ・ティンカー・オブ・アングル王太孫殿下！　あなた、どういうつもりなの⁉」

アッシュはアンを抱き締めたまま、天井を仰《あお》いだ。

……婚礼当夜、花嫁と花婿の寝室に踏み込むことができる不届き者がいるとは、アッシュは夢にも思わなかった。

こんなことなら、扉の前に警備兵を一ダースほど立てておくべきだったのか。

──まあ、屈強《くっきょう》な警備兵でも怒れるサイモン・ランズダウン夫人を止められるとは思えませんが！

と言うか、部屋に入った瞬間、髪を下ろしたアンに見惚《みと》れて、うっかり鍵《かぎ》を閉め忘れたのが敗因だったと後日大いに反省した。

庶民《しょみん》だろうと王族だろうと、戸締まりはまったく大事である。

飛び込んできたオリーブにアッシュは舌打ちし、アンとの抱擁《ほうよう》を解いてオリーブに向き合った。

「どういうつもりも何もは、こっちが言いたいんですがぁあああ！」

「なぜ、あたくしとサイモンが同室なんですのよ⁉」

「──ぁ？」

そこ？　まさかのそこ？　──と、アッシュは思わずオリーブを見返す。

「そんなの、あんた達が夫婦だからに決まってるだろ」

なぜそこに文句を言われるのか、解らない。緑竜王国行きの船に乗ったと言うことは、無条件でオリーブはサイモン・ランズダウン夫人に戻るのだと、アッシュもアンも思っていたのに。

「あたくしとサイモンは離婚するの！　離婚するのに同じ部屋に泊まるのはおかしいでしょう！」

オリーブときたらそんなことを大声で主張するし。

「まだ離婚していない！」

サイモンまでやってきた。

サイモンが現れた瞬間、アッシュは反射的にアンを己の背中に隠した。

髪を下ろして、薄いドレスに素足のアンをどうして他の男に見せられようか。いやいや百歩譲《ゆず》っても、女性のオリーブにだって見せたくない。

――と言うか、なぜ、こいつら、僕達の部屋に来るんだよ………？

結婚式当日の夜に新婚夫婦の元に自分達夫婦のいざこざを持ち込むとは、部下としても年長の親族・縁戚者《えんせきしゃ》としても配慮《はいりょ》が欠けるにもほどがあると、光竜連合王国の次期国王は頭が痛くなった。

そうは言っても王太孫の肩書きを持つ以上、ともかく自国民で直属の部下でさらには親族・縁戚者でもある二人に生じた問題は、自分が解決せねばなるまいと、アッシュは変な責任を感じてしまう。

「………二人とも、部屋を出てくれ。話は外で聞く」

アッシュのすっかり据わった目に、自分達が犯した非礼と無礼と失礼の三段重ねに気づいたようで。

「あ！　も、も、申し訳ございません、殿下っ！　失礼しました、妃《ひ》殿下っ！」

サイモンは慌ててオリーブの腕を摑むと回れ右をして船室を出た。

アッシュ達の寝室を出ると、すぐに上甲板《じょうかんぱん》に出る。

月の綺麗な夜で、夜中のわりには明るい。

潮流と風に乗って船は北西の小竜島を目指している。

婚礼祝いだとアッシュの父がこっそり〈風〉《ギィー》の精霊を遣わしたから、南東から帆布に送られる風が強い。立っていられないほどの強風ではないが、肌寒く感じた。

「――ったく、夜中だぞ」

「申し訳ございません、殿下」

胸の前で腕組みして二人を睨《にら》みつけるアッシュに、改めてサイモンが頭を下げると、オリーブが摑まれていた腕を振り払いつつ膨《ふく》れっ面《つら》でアッシュを睨み返した。

「そもそも王太孫殿下が配慮に欠ける部屋割りをしたのが問題なんですからね！」

「俺と同室だとそんなに……」

「一人部屋だと思って休んでいる時に、いきなり寝室に他人が入ってきたら吃驚するわよ、当然でしょう？」

「た、他人……」

一応まだ〈妻〉であるはずのオリーブから、他人呼ばわりされて実はかなり打たれ弱いサイモンが唇を震わせた。

いや、まだ離婚していないと叫んだ直後に他人扱いされたら、アッシュでも凹《へこ》むかもしれない。例えばアンからそんなことを言われたら。

——あー……。

アッシュは頭を抱えたくなった。

この夫婦が元鞘《もとさや》に収まったと思ったのは勘違いだったのか。

最終的に船室を割り振ったのはアッシュではなかったが、当初オリーブが来るか来ないか解らなかったので、サイモンの部屋を夫婦用の部屋にしておくよう指示を出したのは覚えている。

今日——もう昨日だが——の朝になって、オリーブこと正式名称サイモン・ランズダウン夫人も緑竜王国へ行くことになったと知らされて、極《ご》自然に事務官がオリーブの部屋をサイモンの寝室に割り当てたのだろう。

船に乗り込んだ直後に晩餐会が始まり、そのまま政策会議に流れたから、アッシュもサイモンも自分達の船室に行くことがなかった。

——で、すっかり一人部屋だと思い込んだオリーブが寝ていたところに、僕に付き合って遅くまで官僚達と打ち合わせをやっていたサイモンが戻ってきたというところか。

よく見ればオリーブは夜着の上に一枚コートを羽織っただけで、化粧も落とし、いつもはきちんと結い上げている髪も下ろして背に流している。家族以外には、到底見せられないような格好だ。

常識家で何事もきちんとしているオリーブが、こんな格好でアッシュ達の部屋を訪れるとは。

——ここまで逆上させるとは、サイモンの奴《ヤツ》、いったいどんなヘマをやらかしたんだか。

顔を真っ赤にして怒っているオリーブと、青ざめて震えているサイモンを見遣って、アッシュはもう一度やれやれと溜息を零《こぼ》した。

「それで？　僕にどうしろと言うんですかぁああ？」

「どうにかして、あたくしの部屋を用意して頂戴《ちょうだい》。船員を捕まえて頼んでも、空《あ》いている部屋は一つもないと言うのよ」

今回アッシュに同行する者達が客室の定員キッチリになったのは、もちろん経費削減を標榜《ひょうぼう》するアッシュの手配である。

一夜だけの船旅ということもあり、この船の船室はそれぞれがさほど大きな作りにはなっていない。アッシュやサイモンのような王族や上級貴族用の貴賓室《きひんしつ》、船長室などは、もう一人分のベッドを入れられるくらいの空間はあるが、こんな夜中に訪問してオリーブ（かサイモン）を相部屋にしてくれと頼むのは社交界の常識から大きく外れている。

外れているのに、なぜ、自分の所に苦情を言いにきたのか。

僕はあんたにとって、他の誰よりも一番気を遣うべき相手じゃないのか、普通は⁉　――と、夜中でなければアッシュは怒鳴っていたところだ。

そもそもオリーブはアッシュが王太孫になる前も後も、アッシュに対しての扱いが、よく言えば気安く、悪く言えば雑だった。嫌いと公言までしていた。ただ、出逢いからずっと嫌われるよう振る舞っていたので、これは自己責任だとオリーブの態度を窘《たしな》めずにきたのが悪かったのか。

あるいは。アッシュが一年ほどアッシュ・ローズベリー青伯爵を詐称《さしょう》していた間、オリーブは従姉妹叔母としてローズベリー青伯爵家の女主人を自任していた。出逢った時からずっとアッシュやアンに対して目上の人間として振る舞ってきたから、なかなかそれを改めるのが難しいのだろうと軽く考えていたのが、悪かったのか。

「君が部屋を出て行かなくても、俺が甲板で一晩明かせばいいことだろう」

アッシュが不機嫌さをあからさまにして考え込んでいると、サイモンが気を遣ったようで、口早にオリーブへ言った。

「バカなことは言わないで、サイモン！」

そのサイモンの提案に、なぜかオリーブは眦《まなじり》をつり上げて一蹴《いっしゅう》した。

「あなたは殿下の幕僚《ばくりょう》様よ。元妻に部屋を追い出されて、一番下っ端の船員みたいに甲板で一夜を過ごしたなんて知られたら、いい笑いものじゃない。緑竜王国で王宮の人達にも領地の人達にもバカにされるわよ」

――そこまで解っているなら、二人で同じ部屋で過ごせばいいんじゃないですかぁああ？

同じことをサイモンも思ったらしい。

「だったら、今夜一晩は俺と同じ部屋で」

「今夜一晩は？」

キッ！　とオリーブはサイモンを睨《ね》めつけた。

サイモンは、何か絶対に踏んではいけないものを、踏み抜いたらしく、

「いやよ、あたくし、あなたとは離婚するのですから、夫婦のようなことはできないわ」

余計にオリーブの態度が硬化した。

――前々からそうだったけど、なんでこの女はこうも面倒くさいんだ？

アッシュのことを嫌っていながら、無防備のアッシュに――当時、五つ下のナッシュの身代わりをしていたから、十五歳の少年だと思っていたせいもあるが――銃《じゅう》を向け、殺害しようとした夫が許せないと、オリーブはサイモンの家を出た。

オリーブの頭の中には絶対に許せることと許せないことの価値基準が確固としてあって、行動基準が好きとか嫌いとかからじゃないのだ。

それは悪いことではなく、むしろ人として凄いことじゃないかとアッシュは思う。

が、今のオリーブは感情に振り回されない代わりに、その価値基準に振り回されている感がある。

「他に部屋はないんだし、俺が甲板に出るのも駄目だと言うなら、他に方法がないだろう？」

さてさてオリーブの口調に合わせるように、サイモンの口調も尖《とが》る。

サイモンもいい加減面倒くさくなってきたのかもしれない。

ここでまた拗《こじ》れたら、この夫婦は一生元鞘には戻らないんじゃないかと、アッシュは天を仰《あお》ぐ。

雲一つない空には満月と数多《あまた》の星が輝いている。

――星を観る限り、大丈夫っぽいんですがぁ！

しかし、〈星見〉は絶対ではない。

特にアッシュは自分自身の誕生日を知らないから、己の未来が観えない。

サイモンにしろオリーブにしろ、今後アッシュと無関係ではいられないから、アッシュという不確定要素が側にいる以上、彼らの未来も〈星見〉で見切れない部分が出てくるわけで……。

「……解った」

これ以上、ここでグダグダ言い合っていても拗れるばかりだと、アッシュは腹を括《くく》った。

「オリーブは僕達の部屋でアンと一緒に休めばいい。僕がサイモンの部屋に行く」

「で、殿下？」

「あなた、それ……？」

二人がギョッとした顔でアッシュを見る。

自分達が持ち込んだ騒動のツケをアッシュが払うことになったのは、さすがに後ろめたいようだが、他に手早く片付きそうな解決方法をアッシュもこれ以外には思いつかず、驚く二人に例のごとく嫌みな口調でツケツケと尋ねた。

「明日は早朝から予定がギッチリ詰まっている。いつまでもここでグダグダ言い合っていてもしょうがないいんじゃないいんですかぁ？　ちゃんとオリーブの言い分を百パーセント満たして、サイモンの評判にもケチがつかないように配慮しているんですが、この解決策に何か問題がありますかねぇぇえ？」


「あ、り、ま、す！」


その怒りに充《み》ち満《み》ちた返答は、三人の背後からかけられた。

「ア、……アン……？」

いつから三人の背後に立って話を聞いていたのか解らないが、常時お日様みたいな上機嫌な笑みを浮かべているアンジェリカ・ティンカー・オブ・アングル王太孫妃殿下が、肩を怒らせ、おそらく幼い頃から一緒に育ったオリーブでさえ見たことがないほど猛烈に怒った表情で立っていた。

「オリーブがサイモンと同室がイヤで、サイモンが独《ひと》り甲板で寝るのも許せないと言うのなら、二人揃《そろ》って甲板で一晩過ごせばいいじゃないですか！」

普段の物柔らかな温かい口調とは天地ほども離れた、空恐ろしいほど鋭く冷たい口調で言い放って。

それから。

「……ど、どうして、オリーブのために、ご主人様が……、ご主人様が……」

「アン！」

金色の瞳から大粒《おおつぶ》の涙を次から次に零《こぼ》すアンを、アッシュは慌てて抱き寄せた。

「アア、アンジェリカ様の言うとおりですわね！」

「そ、そうですね！　でで、では、殿下、妃殿下、我々は失礼します」

ケンカしていたのも忘れたのか、すっかり動転した体《てい》でオリーブとサイモンは手に手を取って一目《いちもく》散《さん》に帆柱の向こうに消えていく。


「……悪かった」

抱きかかえるようにして部屋に戻り、アンをベッドの縁《ふち》に腰掛けさせると、アッシュは床に跪《ひざまず》いて神妙な顔で謝った。

「……ご主人様は」

床の上から見上げると、アンはまだ涙を目に浮かべている。婚礼の夜なのに、だ。

――サイモンのことを笑えないな。

婚礼の夜に花嫁を置き去りにして、別の部屋で男と――変な意味は一切ないとは言え、だ！　――休むと言い出すなんて、花嫁に激怒されて当然である。

これは直《ただ》ちに離婚を言い渡されても文句は言えないぞと、アッシュは肝を冷やした。

「アッシュ・ティンカー・オブ・アングル様は、本当にバカです」

怒った口調と怒った表情のまま、アンは言った。

こんなに怒ったアンは本当に初めてだ。偽《にせ》の青伯爵として出逢ってから、何度もアンを怒らせ、嫌われようとしてきたが、一度もアッシュは成功したことがなかった。どんなに酷いことを言ってもアンは呆《あき》れるくらい優しくて、アッシュの言動を百パーセント善意に解釈《かいしゃく》してくれたのに。

――なのに今さら、しかも婚礼の夜に、怒らせるとは。

「あ、ああ……。そうだな……」

確かにバカなことを言ったと思う。いくらオリーブが面倒くさいことを言い出したからと言って、安易な解決方法を口にしたのはバカだったと、アッシュはアンの顔が見られず、視線を床に落とす。

初めて見るアンの姿にドギマギと戸惑って俯いたのはほんの十分程前のことで、今、初めて見るアンの姿に同じように戸惑い俯いているが、アッシュの心情は先刻とは天と地ほども遠く離れていて。

「……ナッシュの代わりに、ローズベリー青伯爵家の立て直しをはじめた時も」

——え？

俯いていた顔をアッシュは上げた。

「裁判で死刑宣告寸前まで行った時も」

見上げたアンはやっぱり怒った顔で、怒った顔のまま、ぽろぽろと大粒の涙を零し続けている。

「ずっとずっとご自分以外の人のことばかり考えて、いつもいつも、ご自分のことは一番最後の最後の後回しで。周りの皆の幸せのほうが、ご自分の幸せより大事で。……こ、婚礼の夜でさえ、ご自分よりオリーブのことを優先して」

驚いたことにアンは、アッシュが花嫁である自分を蔑《ないがし》ろにしようとしたことより、アッシュが自分自身を雑に扱っているのが許せなくて、こんなにも激しく怒ったらしい。

「本当に、本当に、ご主人様はバカです……」

アッシュは思わず泣き続けるアンを抱き寄せ、抱き締めた。

そして、しがみついてくるアンの背中を、子供をあやすように叩きながらアッシュは答えた。

「……ああ、あんたの言うとおり、僕は本当にバカな男だ」

腕の中の幸せで温かで、優しい薔薇《ばら》の香りに満ちた存在が、とてつもなく愛おしい。

「でも、これからは僕の賢い奥様が、今日のように僕の幸せを、僕以上に考えて優先してくれるから、問題ないんじゃないですか？」

「………驚いた」

真夜中の甲板《かんぱん》は人っ子一人いない。

夜通し海を見張る航海士や夜も作業をする船員がチラホラいるはずなのだが、おそらくオリーブ達を憚《はばか》って、見えない場所に引っ込んだようだ。

「妃殿下があんなに感情的になられるのを、初めて見た」

そうね――と、うっかり頷きかけて、オリーブはぷいと横を向いた。

星はチカチカと瞬き、丸く満ちた月は静かに夜の海を照らす。

やや強い海風はオリーブの焦《こ》げ茶色の髪を、いたずらに嬲《なぶ》っていく。

――もう、最、低。

オリーブは自己嫌悪に陥《おちい》っていた。

――アン……様を、泣かせてしまった。

小さい頃からずっと一緒だった。一応屋敷のお嬢様だったオリーブと違って、使用人として育てられたアンはオリーブよりつらいことがたくさんたくさんあったと思う。でも、アンはいつも明るく、元気で、朗《ほが》らかに笑っていた。

――そのアン様を、泣かせてしまった。

サイモンが言うように、あんなに感情的になったアンを見たのはオリーブでさえ初めてだった。

これがどうして自己嫌悪に陥らずにいられようか。

——でも、殿下だって悪いわよね？　いつも周囲が呆れ返るくらいアン様にベタ惚《ぼ》れのくせして、遠い縁戚《えんせき》のあたくしのために結婚当夜をサイモンと過ごすとか言い出すなんて、アン様の面子《めんつ》丸潰《まるつぶ》れじゃないの。

異教徒で、光竜連合王国《グロリアス・ウィルムズ》の貴族社会での暮らしが一年ほどのアッシュ王太孫殿下は、こんな風に時々貴族の常識やら暗黙のルールを破ってくれる。

口と態度がすこぶる悪いことも相まって、貴族階級のアッシュに対する評価はからい。だが。

——あの殿下ときたら、実は天使のように善良なアン様の夫なだけあって、あたくしの実の兄と夫に殺されかかっても、あたくしを許容するくらいのお人好《よ》しなんだから。

しかし、それにしても自身の初夜を棚上《たなあ》げにするほど、お人好しだとは思わなかった。

「その、オリーブ……」

オリーブはサイモンを振り返った。

最近の激務の上、今夜はオリーブに振り回されたせいか、サイモンの顔は少々やつれている。

そして、やつれていても、光竜連合王国でサイモンを上回る美男子は、件《くだん》の王太孫殿下他、数名いるかいないかだろうと思う。

サイモンは名門ランズダウン白侯爵家の子息で新進気鋭の弁護士で、顔も良ければ性格も悪くない。

貴族の令嬢達が彼に欠けていると思うものは爵位くらいだが、家付きの令嬢ならそんなことは気にしない。

サイモンは誰とだって結婚できた。わざわざオリーブみたいな平凡な顔で、貧乏伯爵家の跡継ぎですらない娘を選ばなくても、もっと綺麗でもっと裕福で、彼の生まれに相応《ふさわ》しい爵位を授けることができる伯爵令嬢や侯爵令嬢はたくさんいたのだ。

それでも、彼がオリーブを選んだのはローズベリー青伯爵家にあると言われていた〈青い薔薇〉を、彼の父が手に入れようと考えたからで。

そんな理由だと解っていても、あの時オリーブはサイモンと結婚したかった。

サイモンに恋していたし、彼が望んでいるものを自分が与えられるのなら、結婚は意味があることだと思ったのだ。

だが、結局サイモンが望んでいた〈青い薔薇〉を、オリーブは彼に与えることができなかった。

つまり、オリーブはサイモンに何も与えることができなかった。彼がせっかく何の取り柄《とえ》もない、地味で平凡で爵位も持参金も用意できない自分を選んでくれたのに。

――でも、どんな理由があろうと、無抵抗の子供に銃を向けるような人とは暮らせない。

そう言ってサイモンの家を出た。あの時は本気でそう思ったし、実際今でも子供に銃を向ける人は許せない。

ただ、あの時のサイモンには情状酌量《じょうじょうしゃくりょう》の余地はあるし、銃を向けられた殿下もその妻であるアン妃殿下も許しているのに、他人のオリーブが拘《こだわ》るのも変な話である。

けれど、だからと言って、サイモン自身から帰ってこいと言われていないのに、どうしてのこのこ帰れようか。

——サイモンはあたくしと離婚して、あたくしなんかと違う、彼の隣に並ぶに相応しくて彼の役に立つ女性と結婚すべきなんだし。

〝……だから、頼む。俺や殿下達と明日、君も緑竜《エリン》王国へ〟

昨夜——正確には一昨日《おととい》だが——の晩餐会で、サイモンはそう言った。

言ったけれども、きちんとオリーブに復縁を口にしたわけではない。

それでも、オリーブがこの船に乗ったから。

王太孫殿下が早合点《はやがてん》してオリーブとサイモンを同室に配置したから。

〝だったら、今夜一晩は俺と同じ部屋で〟

今夜一晩だけは夫婦に戻ってもいいとか思っているのだろうか、サイモンは。

——今夜一晩だけで、そのあとの約束がないのに、どうして一晩だけ夫婦に戻れると思っているのかしら、サイモンは？

〝メリットとかデメリットじゃなくて！　いや、メリットはあるんだ。俺も吃驚《びっくり》したが、君が家にいるのといないのとでは家の空気がぜんぜん違う。そもそも君は好き嫌いで物事の判断をするような、その辺のくだらない女性じゃなくて、いつも誰よりも正しく賢くて〃

そんな風に評されて、昨夜は口説《くど》かれたと思ったが、今考えるととてもそうは思えない。なぜならサイモンは一言も愛情を語っていない。

——要するにサイモンは、優秀な家政婦が欲しいんじゃないかしら？

と、オリーブは思うのだ。家の空気が違うと言うのは、単にオリーブがいないと掃除が行き届いていないということだろう。

——サイモンの使用人達って、あまり仕事熱心じゃなかったものね……。

新進気鋭の弁護士のくせに、お金持ちの名門貴族で生まれ育ったせいか、サイモンは鷹揚《おうよう》だ。法廷以外の場所ではほとんどのことを「良きに計《はか》らえ」で、執事や家政婦に丸投げしてしまう。しかも、「ちゃんと仕事していないなぁ……」と思っても、最低限のことがしてあればそのまま叱《しか》りもしないで流してしまう。

逆に物凄くきちんと仕事をしていても、「給料を払っているから当然だよね」的な考えなのか、褒《ほ》めることもほとんどない。

主《あるじ》がそういう風だとあまり仕事熱心でなくなるのが、人間の性《さが》というものだろう。

——そのあたり、あの王太孫殿下は解っているわよね……。

叱る時は徹底的《てっていてき》に完膚《かんぷ》なきまでに叱り倒すけれども、褒める時はきちんと褒める人だ。

「サイモン、あなたね」

「う、うん」

「人の使い方が下手《へた》なのよ」

「……は？」

鳩が豆鉄砲を食ったような顔で、サイモンが大きく目を見開いてオリーブを凝視《ぎょうし》する。

「それは、その……？」

「あたくしがいなくなったら、家の空気が変わったって言ってたでしょう？　それ、きっと家政婦やメイドがきちんと各部屋に風を通していないのだと思うわ」

「……」

なんとも言いがたい顔でサイモンはオリーブを見ている。

「今回緑竜王国に赴任《ふにん》するにあたって、執事のスミスは連れてきたの？　家政婦のロールズ夫人は？」

「い、いや、彼らは緑竜王国へ行くのを嫌がったから、君の知っている使用人は従者のガイとマーカスくらいだ」

「ガイ達はあなたの信奉者ですものね。――じゃあ、緑竜王国で屋敷を構えるためには、執事や家政婦、メイド達を集めるところから始めないといけないわね」

「あ、ああ」

なぜかちょっと嬉しそうにサイモンは頷いた。

「あなた、使用人をちゃんとチェックして採用するのも使用人教育も苦手みたいだから、元妻の情けで手伝ってあげるわ」

「ああ……、え？　元妻？」

頷きかけて、オリーブ的にはまたまたなぜか、サイモンは顔を引きつらせた。

「そう。元妻のよしみで、あなたが緑竜王国できちんとした生活が送れるよう手伝ってあげる」

優秀な家政婦や執事が快適で落ち着いた暮らしができるよう屋敷を整えてくれたら、サイモンも今度こそちゃんと自分が幸せになるために必要な女性を妻に選ぶ余裕ができるだろう。

そう思っての提案だったが。

「な、なんで、元妻なんだ……？」

怒っているとも動揺しているとも取れる微妙な表情で、サイモンはオリーブに尋ねた。

「なんでって、離婚したら元妻でしょう？」

「離婚していない！」

法的に離婚が成立していないことにサイモンが拘《こだわ》るのは、彼が法律の専門家だからだろうかとオリーブは肩を竦《すく》めたくなった。

人が己《おのれ》の専門分野ではとかく細かくなることは、オリーブの二十年ちょっとの人生経験でもしばしば目にした現象だから、「職業病よね」とサイモンの拘りを大目に見ることにする。

ただ法律の専門家だからこそ、サクサクと法的手続きは進めてもらいたいものなのだが。

「あなたが書類を提出すれば、すぐに離婚は成立することでしょう？」

オリーブの問いに、ぐっとサイモンは言葉に詰まった。そして。

「だ、だから、なんで、君はそんなに俺と離婚しようとするんだ？　いや、もちろん、子供に銃を向けたのは悪かった！　反省している！　もう二度とあんなことはしない！」

――え……、と。

なんだってこの人は、こんなに必死なんだろう？　――と、オリーブは首を傾《かし》げた。

法律の専門家だから、法的正確さに拘っているだけではなかったのだろうか。

「……あなた、あたくしが家にいるのといないのとでは、空気が違うと言ったでしょう？」

夕べの言葉を思い出しながら、オリーブは言う。

「そう、そうなんだ！」

勢い込んでサイモンは頷いた。

「それって、つまり、あたくしが家にいないと空気が悪いということで」

「うん、うん！」

大型犬がしっぽを振っている時みたいな顔で頷く。が。

「つまり監督するあたくしがいないと、メイド達がさぼって各部屋の窓を開けたり、きちんと掃除をしたりしないということでしょう？」

オリーブの言葉に、ガクンと大きくサイモンの顎《あご》が落ちた。

もう肩ごと項垂《うなだ》れている。頭上に哀愁《あいしゅう》の風が吹き荒れ、絶望の極《きわ》みな感じである。

「……………………な、なんでそうなるんだ……？」

サイモンの落ち込みようにオリーブのほうがそう尋ねたくなったが、ともかく尋ねられたことには答える。

「それは、あなたが人を使うのが下手だからよ。あなたみたいなご主人様だと、残念ながら使用人達はサボり癖《ぐせ》が出ちゃうのよね。もうちょっと叱ったり褒めたりしてあげるといいのだけれど。ともかく、あたくし、少々ご主人様が鷹揚でも、きちんと真面目《まじめ》に働く人を見つけてあげるから」

「――違う」

唸《うな》るような言い方で、サイモンが口を挟《はさ》んだ。

「え？　そうね、認めたくないわよね。でも、あなた、ほら生まれつき何もしなくてもチヤホヤしてもらえる環境で育ったでしょう。あまり人を褒めたり叱ったりすることが」

「違う！　なんで使用人の話になっているんだ⁉」

オリーブの言葉の途中で、噛みつくような勢いでサイモンが訊いてくる。

「なんでって、あなたが」

「俺が、君がいないと家の空気が違うと言ったのは、窓が開いているとか掃除がされているとか、そういう話じゃないっ！」

質問したくせにオリーブの返答を強引に遮り、ほとんど悲鳴のような声でサイモンが言う。

「君がいないと駄目なんだ、俺は！」

夜の海に響き渡るような大声でサイモンが叫ぶ。

その熱い熱い叫びに対して、オリーブは瞬きを何度も繰り返して。

それから…………大きく、首を傾げた。

「……………あたくしがいなくても、優秀な執事と家政婦がいれば、あなたは快適に暮らせると思うけれど？」

再びサイモンの顎が落ちた。肩ごと項垂れた。頭上に哀愁の風どころか嵐が吹き荒れ、絶望の極みな感じに戻る。

「…………き、君は！　そんなに、そんなに俺と離婚したいんだ？」

「だって、あなたにとってあたくし、優秀な家政婦以上の存在にはなれそうにないし」

「俺は君を家政婦だとか思っていない！　俺はただ、君みたいな立派な女性と家庭を築きたいんだ。いや、だから、……愛しているんだ、オリーブ」

今度はオリーブが顎を落とす番だった。

しかし、もちろん彼女は肩ごと項垂れたり、絶望の極みに陥ったりはしなかった。

ただ、歓喜の笑顔でサイモンの首に抱きついた。

「……よく三ヵ月で手放す気になったものね」

王太孫夫妻の婚礼の日の夕方、イシス河のほとり、水辺に建つ離宮の水上へと張り出したバルコニーで孫夫婦が旅立つ船を見送る女王に、王太孫妃の祖母にして〈裏女王〉と名高き女王の異父姉たるケント白公爵夫人は尋ねた。

長年探し続けた娘を見いだしたと同時に、女王は孫息子をも得た。

しかし、結局愛娘《まなむすめ》は夫と緑竜王国《エリン》に住むことになったし、孫息子もまた、今日その地へ旅出った。

荒廃《こうはい》した緑竜王国を立て直すためには、一刻も早くかの王国に、小竜島《リトル・ウィルム》の土地と民を心から愛することができる為政者《いせいしゃ》が赴《おもむ》く必要があることはケント白公爵夫人も充分理解している。

かの王国の民からすれば、三ヵ月も待たされたというところかもしれない。

けれども、女王にとってはやっと得た家族で、最も愛した恋人の忘れ形見だ。

それに、王太孫のことは彼がローズベリー青伯爵を詐称《さしょう》していた頃からお気に入りだった。

だから、緑竜王国大公を命じたものの、実際に彼を小竜島に送るのは少なくとも半年、あるいは一年は先だろうとケント白公爵夫人は漠然と思っていた。

また、何と言っても光竜連合王国《グロリアス・ウィルムズ》の王太孫殿下の華燭《かしょく》の典である。

政略的な面からも王太孫の結婚は豪華絢爛《けんらん》極まる祭典に仕立てて光竜連合王国の国威を内外に示し

たく、ケント白公爵夫人は王宮の儀典長としてその準備期間は年単位で欲しいと考えていた。

しかし、あの王太孫殿下ときたら早々に花嫁と共に緑竜王国に向かいたいと、王族の婚礼としては異例の三ヵ月という短い準備期間しか認めないと言い張り、それをなぜか女王は承認したのである。

「そうね」

異父姉の問いかけに、女王は微笑《ほほえ》んで振り返った。

「でも、二人が早く結婚すれば、その分、ひ孫の顔も早く見られるでしょう?」

「!」

思ってもみなかったことを言われて、ケント白公爵夫人は瞠目《どうもく》した。

「娘も孫息子も育てることができなかったわ。だから、せめてひ孫をこの手で抱いてあやしたいわ。できれば、その成長も見守って、生まれてくる彼か彼女が結婚し、そのまた子供が生まれる時まで見届けてから天国に行きたいと思ったの。この夢を叶《かな》えようと思ったら、一秒でも早くアッシュ達には結婚してもらわなくてはと思ったのよ」

「——」

女王の年齢を考えれば、かなり贅沢《ぜいたく》な夢である。

叶《かな》わない夢を見るのは——そう言いかけて、ケント白公爵夫人は肩を竦《すく》めたくなった。

アッシュ・ティンカー・オブ・アングル王太孫殿下。

見事に咲いた女王の青い薔薇を見たあとも、ついつい叶いそうにない夢を追いかけることを愚《おろ》かと断じたくなる自分こそが、愚かなのか。

――あるいは、臆病《おくびょう》なのかもしれない。

「そうして、向こうでエフラムに自慢したいの」

夕日を反射して黄金に輝く水面を見ながら、叶いそうにない夢を見続け、その夢の一部を実現させた女王は歌うように言った。

「あなたの孫はとても立派に一族の青年として成長して、美しい福音《エワンゲリウム》教徒の娘と恋に落ちて。妾達《わらわ》の代では許されなかったけれども、国中の人々から……福音教徒達からも緑竜の一族の者達からも祝福されて結ばれた。まるでお伽話《ときばなし》の王子様とお姫様みたいに」

沈みゆく夕日が名残惜《なごりお》しげに注ぐ光にキラキラと輝く水面の果てに広がるエリッシュ海は、かつて女王が己の命よりも愛した青年を飲み込み、永遠に奪い去った。

その海のどこか深い水底《みなそこ》に、青年は眠っている。

祖父の墓標《ぼひょう》となった海を越えて、女王と彼の孫息子は旅立っていった。美しい花嫁を傍《かたわ》らに、祖父が深く愛し、行く末を心配していた故郷の島へ。

「二人は緑竜王国の地と人々を愛し、緑竜の一族の人達からも愛されて、彼《か》の地を神話の頃のように美しく豊かな国にした。そして、彼らの間には愛らしい子供達が生まれて、その子達は豊かさと美しさを取り戻した緑竜王国で凄く幸せな子供時代を過ごして、両親に負けないくらい素晴らしい伴侶《はんりょ》と結ばれて、彼らの間にもまたとない可愛《かわい》らしい子供達が生まれたのだと」

緑竜の一族も白竜《アングル》・青竜《アルバ》・赤竜《カムリ》の三王国の福音教徒も、異教徒とお互いを罵《ののし》り合《あ》うことなく、お互いを尊重し合い、光竜連合王国の一員として仲良く暮らせるようになったのだと。

「エフラムが望んでいたような国をちゃんと作ったと、褒めてもらうのよ」

まるで十四歳の少女の頃のように頬を紅潮させ、瞳を輝かせて言う異父妹に、〈血塗《ちぬ》られた公爵夫人〉と周囲から恐れられるケント白公爵夫人は、らしくもなく喉奥にこみ上げた熱い物を無理矢理飲み込んだ。

「……私が」

あの時、陛下とエフラムの仲を認めていれば。

そう続けようとした彼女の言葉を、異父妹は遮った。

「違うわ。あの時、お異父姉様《ねえ》が認めてくれたとしても、妾達の恋は幸せな結末を迎えようがなかった。エフラムを愛していたけれども、妾にはアンジェリカのように、彼や彼の一族の有様《ありよう》全てを認め、肯定する強さがなかった。妾と恋に落ちても、エフラムには一族の人達の前でアッシュのように福音教徒の信仰を認める勇気がなかったと思うわ。あの人自身の中にも両親や親族を奪った福音教徒達への拭《ぬぐ》い去《さ》ることのできない憎《にく》しみがあったし。――それに、あの時のお異父姉様にもまだ、〈裏女王〉の力はなかったでしょう?」

「――」

年若く、その出自に疑いをもたれていた女王が異教徒の族長と恋に落ちた時、彼女を護《まも》るには、ロザリンドもスコットも若くて、経験も実績も権勢も、何もかもが不足していた。

「……妾とエフラムは夫婦として共に暮らすこともできなかったし、忘れ形見の愛娘《まなむすめ》を己の手で育てることもなければ、孫息子の子供時代も知らない」

女王は淋《さみ》しそうに已の半生を振り返る。が。

「それでも、妾達の恋を苗床《なえどこ》にアッシュ達やその子供達が、そして光竜連合王国の全ての民が幸せになったのならば、妾やエフラムがあんなにつらい思いしたことも意味があったのだと、彼に胸を張って言うことができるわ」

その瞬間、ケント白公爵夫人ロザリンドが今まで見たどの女王よりも、グラディスは美しかった。

「スコット、ナッシュとリアノン様の結婚式だけれども、半年後でどうかしら？」

孫娘を嫁に出した翌朝そうそう、スコット・ローズベリー青伯爵は妻――まだ正式に復縁はしていないのだが――の訪問を受け、何事かと思いきや予想外のことを言われて咄嗟《とっさ》に彼女を直視した。

「……ナッシュとリアノン様の結婚式、ですか……？」

一応、二人は婚約している。婚約した時のアッシュ・ローズベリーと現在のアッシュ（ナッシュ）・ローズベリーは別人だが、婚約証明書に記載されている名前は、スコットの孫息子のものだ。

元々リアノンの父親が娘をあまりに理不尽に扱《あつか》ったので、それに激怒したアッシュ王太孫殿下――当時はローズベリー青伯爵を名乗っていたわけだが――がリアノンを父親から引き離すために、便宜《べんぎ》的《てき》に結ばれた婚約だと聞いている。

――それでも、ナッシュはリアノン様のことが好きなようですが……。

しかし、リアノンはスコットの孫息子より孫娘のほうが遙かに好きなようだと、スコットは思う。

それにリアノンは同年輩《どうねんぱい》の少女より子供じみているし、ナッシュも小柄《こがら》なせいか年齢より幼く感じる。

そのせいか、二人の結婚の話をされてもスコットはどうにもぴんとこない。

「どうしたのです、そんなに急に？　二人の婚約期間は確かまだ四年ほど残っていたはずですよ」

その間にお互いの心に夫婦になるに値《あたい》する愛情が生まれればそれでよし、そうでないならば元々便宜上だったのだから婚約を破棄《はき》するのもありだろうと、スコットはのんびり構えていたのだが。

「昨日、陛下が王太孫殿下とアンの結婚をあんなに急がれた理由を伺《うかが》ったのです。陛下はひ孫の顔を一日も早く見たいと考えられたのだと。それで、わたくし達も急がなくてはと気づいたのです」

「ひ孫の顔を見たいと？　しかし」

アンが子供を産めば、その子は女王陛下のひ孫でもあるが、スコットとロザリンドのひ孫でもある。ナッシュやリアノン達の結婚を急がせなくてもと、思う。

「わたくし達が生きているうちに、しっかりと次々代のローズベリー青伯爵とグウィネズ赤公爵を育てて、アッシュ王太孫殿下やそのお子様達の代を盤石《ばんじゃく》にしなくてはなりません。しかし、わたくし達にはあと何年人生が残っているのか判りません。ですから、ナッシュ達も早く結婚させなければ」

「…………」

「……スコット？」

勢い込んで話す自分の手をスコットが無言で取ったので、ロザリンド・オブ・ケント白公爵夫人は怪訝《けげん》そうに彼の顔を見上げた。

「――確かに僕達の人生は、あと何年残っているか判らない」

「ええ。先日、ケリー白男爵が肺炎で亡くなったでしょう？　あの方、わたくしより三つも年下で」

「だから、結婚式を挙げるなら、まず我々が先ではないかと思うのだけれども、どうだろうか？」

「あ――――」

まるで小娘みたいに赤面する〈血塗《ちぬ》られた公爵夫人〉など、スコット・ローズベリー以外は見たことがあるまい。

……が。しかし。とは言え〈裏女王〉とまで呼ばれた女傑《じょけつ》の動揺はそう長くは続かなかった。

「……そう。順番として、そちらが先のほうが良いでしょう。わたくしの亡きあと、ケント白公爵家を継ぐのは、アン様かリアノン様の次男でなければなりませんからね。他の遠縁《えんせき》達にごねられないためには、あなたとわたくしが正式に結婚し、お二人のお産みになった子達が法的にもケチのつけようのないロザリンド・オブ・ケント白公爵夫人のひ孫であるようにしておかなくては」

何事も四角張った理屈をつける彼女らしい言い分に、スコットは苦笑しつつ頷いた。

「であれば、スコット、今から早速教会に参りましょう」

「きょ、今日？　今から？」

「復縁ですもの。大々的に挙式なんて不要ですし、アン様の素晴らしい花嫁姿の記憶も新しい社交界に、こんなおばあちゃんの花嫁姿を見せて物笑いの種になる気はありません。何より」

ロザリンドは数十年ぶりにスコットの首に腕を回し、最至近距離で彼を見上げた。

「スコット・ローズベリー青伯爵夫人と一秒でも長く呼ばれたいですからね」

……翌日、何の前触れもなく中央王都《ロンディニウム》の新聞の社交欄《らん》に、見落とされそうなくらい小さく載ったケント白公爵夫人とスコット・ローズベリー青伯爵の再婚記事に光竜連合王国中が驚いたことは言うまでもない。

昨日アンジェリカ・ローズベリー青伯爵令嬢と華燭《かしょく》の典を挙げた光竜連合王国《グロリアス・ウィルムズ》のアッシュ・ティンカー・オブ・アングル王太孫殿下は、世界一ずるい男だとグウィネス赤公爵令嬢リアノンは思う。

〝あんたは、僕と婚約したほうがいい〟

一年ほど前、アッシュ・ローズベリー青伯爵を詐称《さしょう》していた彼は、ほとんど命令みたいな口調でリアノンに求婚と言うか婚約の申し出をしたのだ。

そう。あの顔は極上で頭は人一倍切れて吃驚《びっくり》するくらい態度と口が悪いが、薬草の類《たぐい》にメチャメチャ詳《くわ》しくて竜喘息《ウィルムズ・アズマ》持ちのリアノンには悔しいが心強い青年は、リアノンの婚約者だったのだ。

――それなのに、それなのに、わたしの大好きなアンジーと結婚するとは、どういうことなんです!?

納得がいかない。いくわけがない。

いやいや、どうして納得できようか。

彼の妻となったアンジェリカ・ローズベリー青伯爵令嬢は、幼い頃からリアノンの憧《あこが》れの人だった。

初めて逢ったその時から、恋していた。

なにせ当時アンジェリカ嬢は、本当はスコット・ローズベリー青伯爵のれっきとした孫娘なのに身分を隠し、ただの使用人として、そして少年アンジー（他にも名前があったらしいが）として青伯爵家に仕《つか》えていた。

教会にある天使の絵そっくりの綺麗な面立《おもだ》ちに、心地よい声と明るい話し方。

とても優しくて何でも知ってて何でもできて、風邪一つ引いたことがないほど健康で、いつも元気に笑っていた。まるで太陽みたいに。

竜端息持ちで、そのせいかちょっとしたことですぐ体調を崩す蒲柳《ほりゅう》の質《たち》で、一年の四分の三は寝込むようなリアノンにとって、アンジーの健《すこ》やかさは眩《まぶ》しかった。

彼が居《い》れば、暗く湿ったリアノンの部屋は、明るくて活力に満ちた場所になると思った。

彼が居れば、雨の日も曇りの日も嵐の日さえも、晴天の日と同じように明るく機嫌良く過ごせるのだと。

なのに、実は彼は女性で。

その上、リアノンの婚約者だったはずのアッシュ・ティンカー・オブ・アングル王太孫殿下と結婚してしまった。

アンジーがアンジェリカ・ローズベリー青伯爵令嬢だと判明してから昨日の結婚式までの三ヵ月、リアノンは長い夢を見ているような気持ちだった。

とても現実の出来事とは思えなかったのだ。

——べ、別に殿下のことが好きだったわけではないけれど！

そう。好きではなかった。

ぜんぜん好きではなかった。

〝いやです。あなたと婚約なんてするくらいなら、あのナッシュとか言う名前の孤児院の男の子と婚約したほうがマシです〟

婚約を持ちかけられた時、リアノンはそう答えたくらいだ。

リアノンの返答に、あの時、王太孫殿下はおかしそうに口元を綻《ほころ》ばせていた。

その時は何を笑っているのかしらとムッとしたが、今なら解る。リアノンが言う〈ナッシュとか言う名前の孤児院の男の子〉こそが、本物のアッシュ・ローズベリー次期青伯爵だったのだから。

〝お父様が何を言おうと、あなたとは結婚しません〟

〝ああ、僕もあんたとは結婚しない。太陽が西から昇っても結婚しない〟

〝――〟

自分でしないと言っていても、ここまで念入りに相手から拒否《きょひ》られると、それはそれで腹が立つ。

〝形だけだ。結婚は五年後。その間にあんたの気が変われば、いつでも婚約解消はできる。女性からの解消なら、あんたの評判に傷はつかない〟

リアノンが不愉快に思っていることを、気づいているのか気づいていないのか。

あの時、殿下はそう追加した。

〝……ローズベリー卿《きょう》は何を考えているのですか？〟

物心ついた時から、リアノンは己《おのれ》がどういう立場の人間か理解していた。

赤竜《カムリ》王家の末裔《まつえい》で、白竜《アングル》王家の末端に籍を置くという、二つの王国の王族。

現光竜連合王国のグラディス女王の後継者として、最有力な存在。

女王の後継者になるかもしれないというだけで、リアノンは体重と同じ重さの黄金と同等の価値を持っていたし、もし女王になれなくてもリアノンのように高貴な家柄《いえがら》の姫君を妻にしたいと思う人間は連合王国内外に大勢いた。

普通に考えれば〈呪《のろ》われた貧乏伯爵〉と呼ばれているローズベリー青伯爵家の当主がリアノンを妻に望むのは理解できたが、婚約だけして結婚しないという求婚（？）は意味不明過ぎた。が。

〝あんたがうちに家賃や生活費を入れてくれたら、我が家の財政再建が捗《はかど》るな、と〟

〝――――や、家賃？　生活……費？　財政……再、建？〟

十四歳の公爵令嬢の生活には出てこない単語を連発されて、リアノンは面食らった。

そういう言葉があることは知っていたが、自分が家賃や生活費を払うという概念《がいねん》がなかったのだ。

〝あんたが僕と正式に婚約すれば、結婚しなくても、あんたが当家の屋敷に住む大義名分ができる。当家に住むなら家賃を入れるのは当然のことだろう？〟

それなのに孤児院育ちの……つまりは下々の暮らしに通暁《つうぎょう》した殿下は、リアノンが何に驚いているのか解っていないような顔で、そんなことを言った。

確かに婚約後に、一定期間相手の家に住むのは、連合王国の貴族では、そう珍しいことではない。

白竜王国と赤竜王国、青竜王国《アルバ》、緑竜王国《エリン》の四つの王国は、それぞれ微妙に文化や慣習が違う。

なので異国間での婚約の場合、婚家の家風に馴染むよう準備期間が設《もう》けられるわけだ。

この準備期間中にどうしても先方の家風に馴染めず、婚約破棄《はき》に至るカップルも珍しくはなかった。

ちなみに同居しようと、正式な結婚前の厳格《げんかく》な福音教徒《エワンゲリウム》の紳士淑女の間で過ちが起こるはずはないので、アッシュが言うように女性からの婚約破棄の場合は女性の評判を傷つけることもなかった。

——でも、婚約中の滞在にお金を取るなんて、聞いたことがないです……！

それとも自分が無知なだけかと、リアノンはなんとも言えない気持ちになった。

〝あんたにとって、悪い話じゃないと思うけど？〟

〝どうしてです？〟

〝あんたの大好きなアンジーと一つ屋根の下で暮らせる〟

「————！」

あの日の会話を思い出したら、本当にリアノンは心の底から猛烈に腹が立ってきた。

〝ま、ぁあ？　たとえ一つ屋根の下で暮らそうとも、あんたにうちのアンジーを口説《くど》き落とせるとは思いませんがねぇぇぇ〟

〝できますもの！　アンジーはわたしのことが大好きなんですから！〟

〝へっ、ええええ————〟

人を不愉快にさせるのが大得意なローズベリー青伯爵の偽者《にせもの》な殿下は、ニヤニヤと笑った。

〝じゃあ、賭《か》けをしよう。僕と婚約することであんたは当家で暮らす権利を得る。これから五年以内にうちのアンジーを口説き落として教会まで引っ張って行くことができたら、喜んで僕は婚約解消に応じよう〟

今思えば、その時点で殿下はアンが女の子であることも、それから彼女が己にベタ惚れしていることとも知っていたに違いない（非常に腹が立つことに！）。

それで、あんなに自信満々に挑発的なことを言ったのだろうけれども、リアノンはうかうかとその挑発に乗ってしまった。

とどのつまり、リアノンはアンジー――実は女性で、今や光竜連合王国の王太孫妃殿下になってしまわれた――が好きだったから、アッシュ・ローズベリー（を名乗る少年）との婚約を承諾《しょうだく》したのだ。だから。


「そうそうリアノン様。リアノン様とうちのナッシュの結婚式は、半年先をめどに進めたいと存じます。正確な日取りは、女王陛下や王太孫殿下の行事日程との兼ね合いもありますから、まだ確定はしておりませんが、衣装などの準備はもう始めて下さいますよう」

丁寧な話し方ながらも確固たる命令口調で、ロザリンド・オブ・ケント白侯爵夫人改めスコット・ローズベリー青伯爵夫人に晩餐《ばんさん》の席で告げられた時、リアノンはちょうど口の中にジャガイモを入れたところで、それをちゃんと咀嚼《そしゃく》する前に飲み込んでしまい、危うく窒息《ちっそく》しかけた。

数分前に、今日の午後にスコット・ローズベリー青伯爵と彼女が正式に復縁してきたと知らされた時も危うく窒息しそうになったので、本日二度目の窒息事故である。

食事時に人を驚かすのはやめてほしいと、切にリアノンは思う。

「…………………あ、あの」

水をグラスに二杯も頂《いただ》いてから、ようやくリアノンは口を開いた。

「なんでしょうか？」

女王陛下の異父姉で〈血塗《ちぬ》られた公爵夫人〉と名高い——これからかの夫人の二つ名は〈血塗られた伯爵夫人〉になるのだろうかと、心のどこかでリアノンは考えた——青伯爵夫人の冷たい一瞥《いちべつ》に、リアノンは縮《ちぢ》み上《あ》がった。

改めて説明するまでもないことだが、スコット・ローズベリー青伯爵夫人は長らく〈血塗られた公爵夫人〉とか〈裏女王〉とか人々から呼ばれるような実績を積み、恐れられている女傑《じょけつ》である。即断即決・直言直行でも有名で、彼女がこうと決めてそうならなかったことなど、ほぼない。

今日だって何の前触れもなくローズベリー青伯爵と復縁してきたくらいだ。ようやく十五歳になったばかりのリアノンが、こんなお伽話《とぎばなし》の魔女のように強く怖い女丈夫《おんなじょうぶ》にどうして太刀打《たちう》ちできようか。

——で、で、でも、わたし！　ナッシュと婚約した覚えはありません！

そう本当は言いたかった。

別にナッシュが嫌いなわけではない。むしろ好きだ。同じ竜喘息持ちだが、彼はいつも明るくて、どんなに咳《せき》がつらい時でも、周囲を気遣って笑みを絶やさない。それは本当に尊敬さえするほどだ。

——でも、わたしが婚約したのは。

婚約したのは、誰だったのだろう？

手元の婚約証明書にはリアノンの名前とアッシュ・ローズベリー青伯爵の名が記されている。

今、その名を名乗る青伯爵は、光竜連合王国にはいない。スコット・ローズベリーが亡くなったら、ナッシュがその名を名乗るだろうけれども、今は存在しない人物なのだ。

リアノンが恋し、憧れた従者アンジーもまた、この世界のどこにも存在しない人物だ。

「オレ、半年後にリアノンちゃんと結婚する気はないよ、お祖母《ばあ》様」

リアノンが固まったのを受けて、ナッシュがあっさり宣言した。

「結婚は次期青伯爵当主の義務です」

そんな彼をじろりと見て、裁判官の死刑判決よりも重々しく、断固とした口調で青伯爵夫人が言う。

「うん。でも、早いよ、オレ、まだ十七にもなってないし。結婚するより前に次期当主として勉強しないといけないことがたくさんあるよね。それから、オレ、絵も描かないといけないんだよ。オレの絵を買ってくれる人がいて、待ってくれている人達がいるから。それやこれやですっごく忙しいから、半年後なんて絶対、無理だよ」

女傑の睨《にら》みもものともせずニコニコと満面の笑みさえ浮かべて、ナッシュは彼女の決断を却下《きゃっか》する。

「それに、姉さんが結婚して、お祖母様達も再婚したじゃん。ローズベリー青伯爵家の慶事が今年だけでもう二件もあったんだよ。オレの結婚は再来年《さ》かもっとあとのお楽しみに取っといたほうがいいと思うんだ」

「――」

天真爛漫《てんしんらんまん》を絵に描いたような孫を、青伯爵夫人は唇を固く引き結んで見遣《みや》る。

リアノンが思うに、おそらく青伯爵夫人は自分の思い通りにならないことに慣れていない。しかも、自分の三分の一も生きていない年少者に逆らわれるなど我慢ができないことだったろう。

けれども、ナッシュの言い分には理があるし、彼は青伯爵夫人の夭折《ようせつ》した一人息子の忘れ形見だ。孫だとか祖母だとかお互いが認識したのがほんの三ヵ月前で、だからこそ強く出て嫌われたくないという気持ちもあるのだろう。複雑な葛藤《かっとう》や逡巡《しゅんじゅん》が、青伯爵夫人の硬い顔に過《よ》ぎっていく。

「ナッシュの言うとおりかもしれませんね、ロザリンド」

ナッシュをと言うより引っ込みがつかなくなっている青伯爵夫人を助けるかのように、スコット・ローズベリー青伯爵が割って入った。

「慶事が続くと不幸も招かれると古来より言うし、ナッシュ達の結婚式は、再来年かもっとあとのお楽しみにしようじゃないか」

「――ええ、スコット、あなたがそう言うのなら」

本日正式に夫の地位に戻ったばかりの相手の言葉に、青伯爵夫人は白旗を揚《あ》げた。

貧乏伯爵の汚名《おめい》を返上したローズベリー青伯爵の屋敷は隅々まで修繕され、今まで手が回らなくて閉ざされた部屋が全て開け放たれ、ナッシュが絵を描くためだけの部屋も確保できるようになった。

晩餐のあと、リアノンはそんなナッシュのアトリエを訪れた。

「ナッシュ」

「——あー、ごめん。五分、いや三分待って」

ナッシュは大事な箇所《かしょ》を描いている最中だったようで、リアノンはおとなしくソファーに腰掛けた。

少し肌寒かったので、ソファーに置いてあったショールを羽織る。

以前はこんな風に少し気温が下がった夜は激しい咳の発作《ほっさ》に襲われたものだが、最近はそういうことが少なくなったと、ふと思う。

思えば、あの殿下が作ってくれた薬と殿下の指示でシドニーが作ってくれた食事は、この一年あまりでリアノンをかなり丈夫にした。

ローズベリー青伯爵家での暮らしはアンジーと一つ屋根の下で暮らすということ以外にも、リアノンにとってまったく生活費や家賃を取られても充分割に合うものだった。

グウィネズ赤公爵邸では、父も使用人達もリアノンの発作に露骨にうんざり顔をしてばかりだったのに、アンジーはもちろんシドニーもベンもカラもノラもオリーブも嫌な顔一つせず、面倒を見てくれた。

いつでも誰にでも不機嫌な顔を見せる殿下も極上の笑顔付きではないにしろ、リアノンの体調に合わせて薬を調合し、発作が酷《ひど》い夜は何時間でも側《そば》についていてくれたりした。それから。

——それから、ナッシュは、自分だって発作を起こしているような時でも、絵を描いてくれた。

リアノンが少しでも楽しい気持ちになれるように、と。

「ごめんごめん。それで、何？」

本当にきっかり三分で絵筆を置いて、ナッシュがリアノンの隣に座る。

「晩餐の時……」

言いかけて、リアノンは躊躇《ためら》った。

ありがとうとお礼を言うのも変な気がする。助けてもらったのは事実だが、それはそれとして、ナッシュはリアノンと結婚したいとは思っていないのだろうか。

——思っていたら、千載一遇《せんざいいちぐう》のチャンスですもの。渡りに船で話を進めるのが普通だわ。

なのにそれを断ったとなれば、ナッシュはリアノンと結婚する気はないということだ。

それは……面白《おもしろ》くない。

なんだか自分が殿下にもアンジーにも、そしてナッシュにさえ振られたみたいではないか。

——わたしは、グウィネズ赤公爵の一人娘なのに。

けれども、王太孫殿下が冊立《さくりつ》された今、赤公爵令嬢の価値は以前よりずっと下がっている。

それにローズベリー青伯爵家は青竜王国の準王家みたいな名家だし、現青伯爵の夫人は白竜王国でもっとも力のあるケント白公爵家の当主で、現女王陛下の異父姉だ。その上、ナッシュは王太孫殿下の義弟で、彼からは実の弟のように可愛《かわい》がられている。

そんな青伯爵家のナッシュには、赤公爵家の後ろ盾《だて》などいらないのかもしれない。

——家族として一緒に暮らすなら、誰だって健康で丈夫な子のほうがいいと思うものじゃない？

〈赤公爵令嬢〉なんて肩書きに価値がないなら、リアノン自身の価値もほとんどない気がする。

竜喘息持ちで病弱な女の子なんて、扱いづらくて面倒なだけだ。

同じ病気の人間にしか解らないつらさや不便さもたくさんあるから、竜喘息持ち同士励《はげ》まし合《あ》うことができるし、解り合えるところもいっぱいあって、リアノンはナッシュが側に居てくれて嬉しいことや気持ちが楽になったことは何度となくあった。

——でも、ナッシュは、そう思ってくれてなかったのかも……。

よくよく思い返してみても、自分はナッシュに何かしてあげた記憶がない。

気安いナッシュに当たったり甘えたりするばかりだったと、リアノンは急に恥ずかしくなった。

「晩餐の時？」

リアノンが言葉を切ったままなので、ナッシュが首を傾《かし》げて先を促《うなが》した。

「その……どうして、あんなことを？」

回答は解っていたし、それが自分を傷つけることも解っていたが、ナッシュの視線に促《うなが》されてリアノンはしかたなく言った。

「え？　だって、お祖母様の無茶ぶりにリアノンちゃん、困ってたから」

「！」

予想外な返事に、一瞬リアノンは息を止めた。

「……で、でも。でも、ナッシュはわたしと結婚したいとは思っていないの？」

「うん、思ってないよ」

あっさり認められて、そうだろうと推察はしていても、リアノンはかなりのショックを受けた。

まったく自分はいったい誰と婚約したから、立て続けに三人に振られるようなことになっているのかと、地団駄を踏みたい。

リアノンがこんなに不愉快な思いをしているのに、あの殿下は今頃最愛の妻と一緒に楽しく幸せに過ごしているのだろうと思うと、さらに怒り倍増である。と……。

「だってさ、リアノンちゃんがオレと結婚したいと思っていないのに、お祖母様の命令で結婚するのっておかしいし」

ナッシュの言葉にリアノンは怒りの増殖《ぞうしょく》活動を止めた。

瞬《まばた》きして、ナッシュの顔を見る。

「…………」

リアノンが大好きだったアンジーに、実の弟だけあってよく似ている。

——アンジーの顔は、こんなに雀斑《そばかす》だらけじゃなかったけど。

その分なんとも言えない愛嬌《あいきょう》があって、ナッシュは本当に嫌いになりにくい顔をしている。

性格だってそうだ。リアノンが何を言っても何をしても、笑って許してくれそうで……。

「できれば、俺と結婚しようって気になってくれると嬉しいけど、アッシュと姉さんが結婚したばかりの今は、とてもそんな気にはなれないと思うし」

「……」

「気長に待つから、とりあえず、アッシュ・ローズベリーとの婚約は続けない？　だって、俺と結婚

するとアンジェリカ姉さんの世界で唯一の義妹になれるという、凄い特典があるし」

――もう。

アッシュ殿下もナッシュも、リアノンを釣る餌《えさ》はアンジーに限るとでも思っているのだろうか。

――アンジー……アンジェリカ様の義妹……。たった一人の義妹。世界でたった一人の義妹。

それは確かにリアノンにとっては、とてつもなく魅力的な特典だった。

――でも。

さっきリアノンのためにローズベリー青伯爵夫人に立ち向かったナッシュは、ちょっと……かなり……いや、とても格好良かった。

何と言ってもローズベリー青伯爵夫人は、泣く子も黙るあの〈裏女王〉、王宮の大人達が震え上がるあの〈血塗られた公爵夫人〉だ。

そんな怖い大人に逆らえるなんて凄すぎる。リアノンの父親たるグウィネズ赤公爵にだって無理だろう。だから。

「……」

今、リアノンはアンジーの義妹になることよりも、目の前の少年とずっと一緒に暮らせることのほうが、ずっとずっと魅力的な特典になりそうな予感で胸がいっぱいになっていた。

「お兄様、ひどい！」

「小さい妹を泣かせるお姉様のほうが、もっとひどいと思うよ？　マーガレットはお姉さんなんだからさ、我慢しないと」

緑竜《エリン》大公妃兼光竜連合《グロリアス・ウィルムズ》王太孫妃殿下であるアンジェリカが夫君と共に子供部屋の前まで来た時、中は大ゲンカの真《ま》っ只中《ただなか》だった。

思わず扉の前で足を止め、夫と顔を見合わせる。

今日はアン達の義妹のリアノンが大きな玩具箱《おもちゃばこ》を子供達に贈ってくれたのだ。

リアノンは紆余曲折《うよきょくせつ》を経《へ》て、十七歳でアンの弟に嫁《とつ》いだ。

それから彼女が次の次のローズベリー青伯爵を出産するまでさらに九年の月日が流れて、アンは心密《ひそ》かにローズベリー青伯爵家の行く末を心配していた。

〝もうあんたは、ローズベリー青伯爵家の執事じゃないんですがぁああ〟

そう夫からは呆《あき》れられたが、使用人として暮らしていた時間は王太孫妃殿下として暮らしていた時間よりまだ長いのだ。子供の時分から身についた性分というのはなかなか抜けない。

――そもそも私はローズベリー青伯爵家の娘ですし、次期当主たるナッシュの実の姉ですし！

ローズベリー青伯爵家の執事ではなくなったとしても、青伯爵家の未来を心配して当然だと思う。

たとえ子供がいなくても、弟夫婦はすこぶる仲が良く、大変幸せそうだった。

リアノンは素直で可愛《かわい》らしい娘で心からアンを慕《した》ってくれていて、アンも彼女が大好きだった。

アン達が中央王都《ロンディニウム》の王宮を訪れた時などに口さがない者達がナッシュ達に子供がいないことを論《あげつら》おうものなら、アンは全力でリアノンを庇《かば》った（余談だが、こういう場面でも、アンのご主人様ほど共同戦線を張るのに頼もしい相手はいなかった）。

――けれども男系相続しか許さない青竜《アルバ》王国の法律では、ナッシュに子供が生まれなければ、一番ナッシュに近い男系の男子と言うことで刑務所の中のキアヌスに爵位がいきかねませんし……。

オリーブは大好きだが、その兄のキアヌスはアンには到底許せない相手だ。彼が誉《ほま》れ高きローズベリー青伯爵家の当主になるなど、絶対に絶対に容認できることではなかった。

それを避けるには女系相続を認めるように法律を改正させるという手もあったが、それでは夫が自分の次男を青伯爵にするために法改正をしたように見えるだろう。

公平無私で知られるアンの大事な〈ご主人様〉の評判に傷がつくのは許しがたいことである。

そんな彼女が無事に出産――しかも、男の子の双子《ふたご》だ！　――したのだ。

早速アンは、夫が工場を作り、今や緑竜王国の特産物となった極上の陶磁器にナッシュが描いた絵を転写した子供用の食器を一揃《ひとそろ》いと、屋敷に飾る巨大な陶板画を送った。もちろん陶板画の元の絵もナッシュが描いたもので、聖母子像に見立てたリアノンと子供達の美しい絵だった。

それがよほど嬉しかったのか、返礼にリアノンは吃驚《びっくり》するほど大きな玩具箱をアンの子供達に四つも贈ってくれたのだ。

まだ赤ちゃんの末の子以外の子供達は、きっと大喜びでニコニコしていると思っていたのに。

「お兄様とデイジーのほうがひどいもん！　それはわたしの人形だもん！」

長女のマーガレットの嗚咽《おえつ》が混じった甲高《かんだか》い声が響くに至って、アンは夫と共に部屋に急ぎ入った。

「皆、いったいどうしたんですか？」

「お母様！　お父様！」

「マーガレットは、なんで涙目になってるんですかぁ？　リアノン叔母《おば》様から素敵な玩具をたくさん送ってもらったんだろう？」

からかうような笑みを浮かべて、夫は長女を抱き上げる。

「お兄様がわたしの人形を取ったの。わたしから人形を取り上げて、デイジーに渡したの。お父様、デイジーから取り返して下さいませ」

「違うの違うの。お母様、これはあたちのなの！　本当にあたちのだから、お兄様がマーガレットから取り返してくれたの！」

次女のデイジーが、これまた半泣きで人形を持ったままアンのドレスにしがみついた。

長女が気に入った人形を次女が欲しがり、二人の間でケンカになった。

そこで長男のエルダーが裁定し、長女から人形を取り上げ次女に渡した……という流れのようである。

アンは次女の頭を撫《な》でて宥《なだ》めながら首を巡《めぐ》らし、父方の祖父や曾《そう》祖父に似たのか、艶《つや》やかな黒い巻き毛の長男を見遣《みや》った。

「エルダー、箱の中に、もう一体、人形がありませんか？　リアノン様のことですから、ちゃんと同じ人形を二つ入れて下さっているはずです」

「あります、お母様」

エルダーが箱の中から青いドレスの人形を探し出してきたが、マーガレットは首を振った。

「それじゃ駄目なの。デイジーが取った白いドレスの人形がいいの！」

二つの人形の顔や髪型は同じようだったが、マーガレット的にはドレスの色に拘《こだわ》りがあるようだ。

アンは小首を傾《かし》げ、解決策を考えた。

「──白いドレスがいいのなら、カラとノラにお願いして作ってもらいましょうか？」

「本当、お母様？　本当？」

父親の腕から飛び降りて、マーガレットは嬉しそうにアンの袖《そで》を引っ張った。

「駄目だよ、マーガレット。光竜連合王国一の大服飾師のお二人に人形のドレスを頼むなんて。公女殿下がそんなワガママなことを言ったら、お父様の名誉に傷が付くよ」

十歳になったばかりなのに、しっかり者のエルダーがマーガレットを大人びた口調で窘《たしな》める。

子供達がちょっとした悪戯《いたずら》をした時などにアンが「お父様の名誉を傷つけないようにしましょうね」と諭《さと》すから、エルダーもそんなことを言うのだろう。

「そうですね。エルダーの言うことももっともです」

エルダーが気を悪くしないように、しかつめらしい顔で一旦《いったん》彼の言葉に頷いて。

「お母様！」

しかし、マーガレットの目から涙が零《こぼ》れ落《お》ちる前に、素早くアンは続けた。

「けれども、今回は特別にノラ達に無理を聞いてもらいましょう。来月はマーガレットの誕生日ですから、そのお祝いに。誕生日のお祝いならば、お父様の名誉は傷つきませんよ、エルダー」

「お母様、大好き！」

アンの細腰にマーガレットは抱きついた。

「ねぇ、ねぇ、これ、だあれ？」

そこへそれまで兄姉達のケンカをよそに黙々と玩具箱の中を発掘していた次男のコンフリーが、大人の手のひらくらいの細密画を持ってきた。

銀箔《ぎんぱく》の貼られた瀟洒《しょうしゃ》な額の中で、時代がかった青い従者服を着た金髪の少年……のように見える人物が感じよく微笑んでいる。

「！」

「これは……」

両親が息を飲むのをよそに子供達は歓声を上げた。

「ちゅ、て、きっ！」

「これは……、ナッシュ叔父《おじ》様……？」

絵の中の人物は確かに弟のナッシュ・ローズベリーに少し似ていると、アン自身も思う。

だが、ナッシュよりも線が細いのは、この人物が少年ではないせいか。

——こんな絵が残っていたとは、驚きです。

リアノンが子供の頃、アンは男装し、ローズベリー青伯爵家のオリーブ付きの従者として彼女と接していた。

そして何をどう間違ったのか、リアノンの初恋の相手に選ばれてしまった。

その当時、リアノンが誰かに頼んでアンの絵姿を描かせたのだと思う。

だが、どうしてこの絵が子供達への贈り物に紛《まぎ》れ込《こ》んだのか。

「叔父様の絵だったら、リアノン叔母様がお渡しになるはずがないわ。叔母様は叔父様のことが大好きで、叔父様の描いた絵を他人に所持されたくないって、叔父様が人に頼まれて描いた絵でも買い戻されているくらいなんだから」

マーガレットが兄に反論した。

「それとこれとは話が違う気がするけど、ぼく、この絵、好きだな。ぼくが貰《もら》う。部屋に飾るんだ」

「あたちが欲しい！」

「見つけたのは、ボクだよ」

「わたしだって欲しいわ」

四人がわいわいやっていると、ひょいっと夫がその絵を取り上げた。

「残念だが、この絵は僕の物だ。リアノンがずっと間違って持っていたらしい」

まさかの父親の参戦に、子供達は一斉《いっせい》に抗議した。

「えーっ！　でも、でもでも！」

「ですが、お父様。この絵は僕達への贈り物の箱に入っていたのです！」

「おとぅ様、あたち、その絵、欲しいっ！」

「ボクが見つけたのに……」

「駄目だ」

そんな子供達を、夫は子供じみた口調で一蹴《いっしゅう》する。

——ご主人様ったら……！

自分の若かりし頃の絵姿を巡《めぐ》って子供達と本気で張り合う夫が、アンは嬉しくも気恥ずかしい。

「お母様っ！」

マーガレット達は救いを求めて、母親であるアンを振り仰《あお》いだ。

アンは子供達を護《まも》るためなら命だって捧《ささ》げるくらい彼らを愛していた。

が、しかし、それとこれとは別なのだ。なぜならば。

「——ご、ご主人様がそう仰《おっしゃ》るなら、しょうがないです」

アンの中の優先順位は、相変わらず夫が一番なのだ。

「そう。ご主人様が決めたことだからな」

夫はアンが子供達の味方をしなかったことに満足したように微笑む。

結婚してもう十一年も経ったのに、アンの夫は初めて逢った頃と変わらず銀の月のように冴え冴えしく美しい。

その美貌《びぼう》に何年経っても見慣れることなく、アンはいまだにドギマギしてしまう。

そして、十一年も経ったのにやっぱり焦《あせ》ったり動揺したりすると、夫のことを〈ご主人様〉と呼んでしまう己《おのれ》がなんともおかしい。

「……解りました。でも、一つだけ教えて下さい。その絵の人は、いったい誰なんですか？」

エルダーが質問すると、アンは夫と顔を見合わせた。

母がその昔、男装して子供達の曾祖父の屋敷で執事をしていて、そこで青伯爵家の本当の継嗣《けいし》だったナッシュの身代わりに父がローズベリー青伯爵家の当主をしばらく務めていたという数奇《すうき》で長い物語は、まだ子供達の耳に入れたことがない。

他の者達にも子供達に言わないように口止めをしている。

ちょっと両親の出逢い方としては風変わりすぎていて、小さい子供達に聞かせるのはどうかと思ったのだ。エルダーあたりにはそろそろ説明すべきかもしれないが。

「あのぅ、それは……」

エルダーだけでなく、この場にはまだまだ幼いデイジーやコンフリーもいる。

それでいつも明るくハキハキと話すアンだったが、言葉を探して言い淀《よど》んだ。

すると。

「──これは、ローズベリー青伯爵家の十三代目の執事〈ジョージ・ハワード〉だ」

夫が事実だが真実ではない、上手《うま》い回答をしてくれた。

「曾《ひい》おじい様の屋敷の執事……？」

父親の思わぬ返事に子供達は瞬《しばた》いた。

中央王都のローズベリー青伯爵の屋敷に子供達も数回訪れたことがある。

今〈ジョージ・ハワード〉を名乗っているのは、厳《いか》めしい顔つきの初老の男性で、元はケント白公爵家に長く仕《つか》えていた人物だ。

無論、絵の中の十代のアンとは似ても似つかないものだから、子供達は疑問符を顔にデカデカと書いて両親を見上げている。

「ああ。十三代目の〈ジョージ・ハワード〉は、ローズベリー青伯爵家に今まで仕えた十四人の〈ジョージ・ハワード〉のうちで、最も素晴らしい執事だったんだ」

「ご主人様……！」

アンは感激で胸が一杯になって、子供達の前だと言うのに、うっかり彼女の大切で大事でご自慢のご主人様に抱きついてしまった。

アンの子供達が両親の馴れ初めを知り、この時の会話の意味を理解するのはもう少しあとのことである。

あとがき

　こんにちは、和泉統子《わいずみのりこ》です。まずは、番外篇のご購入ありがとうございます！　本篇が刊行されてから、一年以上もお待たせ致《いた》しました。

　連載開始前から番外篇は『小説ウィングス』に掲載予定でしたが、単行本の予定はありませんでした。それが今回刊行となりましたのは、皆様が既刊を購入して下さったり、『小説ウィングス』のアンケートやメールやSNSを書いて下さったりしたからです。本当に応援ありがとうございました！

　以下、若干《じゃっかん》ネタバレつつ、今回の収録された話について書きます。

　冒頭の『賢者の贈り物』前半の章は、一巻ご購入時の特典ペーパー及びそのペーパーに収まらず自サイトに掲載したものからです。特典ペーパーの再録は本当はあまりよろしくないのでしょうけれども、話としては後半の章と対《つい》になっていたのものですから……。今回は大目に見て下さいませ。

　また、前半の章に出てくるアッシュの誕生日（本当はナッシュのですが）は四月で、実は後半のエピソードよりあとの話になります。が、担当さんと相談した結果、執事のアン視点で本が始まったほうが良いだろうとのことで、この順番に。ただ、時系列でなくても読むのに支障はないかと思います。

　二話目の『青薔薇殿下と四人の使用人』は、本篇で書きたくても書けなかった使用人個々の事情とか過去話とかです。ベンと女王の繋《つな》がりとかは本篇で使う予定だったのに、アン達の恋を書き切るので本篇の頁数を使いきってしまい活《い》かせませんでした。エミリーの弟とか出したかったのですが。あと厩舎長《きゅうしゃちょう》も面白《おもしろ》い人なのでもっと書きたかったです（笑）。

尚《なお》、この話を書く時になってはじめて、シリーズタイトルにもある「青薔薇伯爵」というアッシュの渾名《あだな》について、本篇で何も書いていなかったことに気づき、青くなりました。でで、でも、本篇読んでそこにツッコんだ方は一人もいらっしゃらなかったので、問題ないですよ、ね？

三話目の『完璧《かんぺき》な大団円、しかしてその後の百花繚乱《ひゃっかりょうらん》は』は書き下ろしです。皆様から「アン達のその後を知りたい」「結局オリーブ達はどうなった？」的な声が多かったので、その二組だけ書くつもりが結局使用人達以外の全キャラのその後な話となりました。……ええ、予定頁数オーバーです。そういうわけで今回もちょっとお値段高めの本となりました。すみませんすみませんすみません。

今年は皆様のおかげであと一冊本が出る予定です。明治日本風異世界FT《ファンタジー》で、タイトルは『帝都退魔伝《ていとたいまでん》』です。「軍服」と「ドレス」と「陰陽師《おんみょうじ》」という一見繋《つな》がらない三単語の組み合わせに萌《も》える和泉と同好の方がいらっしゃいましたら、是非《ぜひ》是非こちらもよろしくお願い致します♡

最後になりましたが、今回の予定外の発行に対して快《こころよ》くイラストを引き受けて下さった雲屋《くもや》ゆきお先生、この番外篇の本を出したいと我《わ》が儘《まま》を申してお手数をおかけした担当さん、新書館の皆様、何かと助けてくれたC上司をはじめとする会社の上司、同僚、家族、友人達、そして何より読者の皆様に厚くお礼を申し上げます。この本を少しでも楽しんで頂ければ幸いに存じます。

和泉統子

追伸　次頁からのSSは本篇でアンがプロポーズされるシーンのアッシュ視点です。本当は本篇で（略

氷解

アンに初めて逢った時、直感的にこいつは誰かを嫌いになったことなんてないんだろうなと、アッシュは思った。

こちらがどんなに酷《ひど》いことを言っても冷たく振る舞っても、アンときたら全力で善意に変換して肯《こう》定的《ていてき》に受け取るので、正直アッシュは疎《うと》ましかった。

そんな風に何にでも誰にでも良いほうに良いように解釈《かいしゃく》できるのは、人から蔑《さげす》まれたり憎《にく》まれたりしたことがないからだと、僻《ひが》んだ。

彼女が捨て子で、幼い頃から家族と離れて使用人として生きてきたことも、奉公先《ほうこうさき》が天下に名だたる〈呪《のろ》われた貧乏伯爵〉で、けして恵まれた子供時代を送ったわけではないことを知ったあとも、だからこそ、他人をこれっぽっちも疑わず、常《つね》に真《ま》っ直《す》ぐに世界を肯定できるその強さが……眩《まばゆ》かった。

「殺せます」

故《ゆえ》に、アンがキアヌスにそう言った時、アッシュは心の底から驚いた。

——あんたは、世界中の誰も彼もを愛せる人間じゃなかったのかよ⁉

アッシュやこの場の多くの人間から見ればキアヌスはクズみたいな男で、誰かに殺されようとも道端で野垂《のた》れ死《じ》にしようとも、一筋だって心は痛まないと断言できた。

だが、アンは違う。

キアヌスが言うように、アンは人殺しができるような人間ではない。

他人を傷つけるくらいなら、自分を傷つけるような人間だ。

ましてやキアヌスは彼女が忠誠を奉《たてまつ》るローズベリー青伯爵家の人間である。いつものアンなら殺すどころか、彼を傷つけることさえできないと思う。

「ご主人様を守るためなら、私は百回でもあなたを微笑《ほほえ》みながら殺すことができます」

——なのに、なんでそんなことを言うんだよ、今さら⁉　あんたにとって僕はただの〈ご主人様〉じゃなかったのかよ？　ああ、あんたは法廷で偽者《にせもの》の〈ご主人様〉だと解った時も、庇《かば》ってくれたさ。けれど、それは、アンがバカがつくほどの博愛主義者で、異教徒にさえも優しくできるような神様レベルの善良な人間だからだと、アッシュは思っていた。

——殺す？　僕のために？　こんなクズみたいな男を？　誰かを嫌いになったこともないだろうあんたが？　ただの異教徒にさえも優しくできる聖女みたいなあんたが？

……それは。

それは、それほどに彼女にとって自分は特別なのだと、解釈《かいしゃく》して良いのだろうか？　――と、アッシュは半信半疑ながらも邪魔なキアヌスを片付けると、アンの前に立った。そして。

「……ところで、まだ、僕はあんたのご主人様だったんですかぁああ――――？」

ここから話を始める自分も、正直どうかと思う。が。

「え？　あ、あ、あ、あ、あの！　も、申し訳ございません‼　で、ですが、その、もし、ご主人様が許して下さるならば、私をご主人様の執事《しつじ》に……」

こんなことを言う彼女も彼女だ。

なぜ、そこでその〈執事〉なんて単語が出てくるのか。

「ぁ？」

「あ、いえ。あの、執事は無理ですよね。そのぅ……、執事の見習い、とか」

「ぁああ？」

「いえ……、従僕、とか」

「あああぁ⁉　――何、言ってんの、あんた？」

素《す》で問うた。先日、アッシュが告白したことを彼女はきれいに忘れているのだろうか。まさか？

「申し訳ございません。ただ、あの、もう贅沢《ぜいたく》は申しません。厨房《ちゅうぼう》の皿洗いでも構わないので、どうかどうかご主人様にお仕えさせて下さい‼」

「あんた……」

アッシュは二の句が継げない。

——普通の女なら、あの夜の告白を盾に僕の妃《きさき》や愛妾《あいしょう》の座を強請《ねだ》るもんじゃないの？

けれども、そんなことを考えもしないのがアンで。

だから、自分は彼女のことが好きなのだと、アッシュは改めて思う。

「生憎《あいにく》、王宮には執事も執事見習いも従僕も従者も、それからなんだ？　皿洗い？　全部埋まっている」

「あ……そ、そうですよね…………」

「——でも、あんたにできそうな仕事が、ちょうど一個だけあるけど？」

我ながら回りくどい。

そう思いながらも、アッシュは彼女向けの求婚の言葉を口にした。

この本を読んでのご意見、ご感想などをお寄せください。
和泉統子先生・雲屋ゆきお先生へのはげましのおたよりもお待ちしております。
〒113-0024　東京都文京区西片2-19-18　新書館
【編集部へのご意見・ご感想】小説ウィングス編集部
【先生方へのおたより】小説ウィングス編集部気付　○○先生

【初出一覧】
賢者の贈り物：小説ウィングス'15年春号（No.87）に加筆
青薔薇殿下と四人の使用人：小説ウィングス'16年秋号（No.91）
完璧な大団円、しかしてその後の百花繚乱は：書き下ろし
氷解：書き下ろし

青薔薇伯爵と男装の執事　番外篇
完璧な大団円、しかしてその後の百花繚乱は

初版発行：2017年8月10日

著者　和泉統子 ©Noriko WAIZUMI

発行所　株式会社新書館
［編集］〒113-0024　東京都文京区西片2-19-18
電話(03)3811-2631
［営業］〒174-0043　東京都板橋区坂下1-22-14
電話(03)5970-3840
［URL］http://www.shinshokan.co.jp/

印刷・製本　加藤文明社

ISBN978-4-403-22113-2